小说家的散文

李　锐　著

出入山河

河南文藝出版社
·郑州·

作者简介

　　李锐，作家，1950 年生于北京，祖籍四川自贡。曾任《山西文学》副主编，山西省作家协会副主席。出版有短篇小说集《厚土》《太平风物》，中篇小说集《传说之死》，长篇小说《无风之树》、《万里无云》、《银城故事》、《人间》（与蒋韵合著）、《张马丁的第八天》，散文集《拒绝合唱》《网络时代的"方言"》，以及《中国当代作家·李锐系列》八卷。曾获全国优秀短篇小说奖、台湾中国时报文学奖等多种奖项，作品被译成瑞典、英、法、德、日、韩、越等多种文字出版。2004 年获法国文学艺术骑士勋章，2007 年获香港公开大学荣誉文学博士学位。

目录

辑三 九月寻踪

辑一　是一种安慰

傅山们的羞耻心

第一次买到白谦慎先生的《傅山的世界：十七世纪中国书法的嬗变》已经是 2006 年 7 月的第二版了，第一版是此前三个月出版的。让我没有想到的是，一本关于中国书法的书，却讲述出了如此深沉的精神困境和如此坚韧的人格追求。读过一遍。不久，再读一遍。时隔三年，最近迁进新居书都不在手边，为了看第三遍，特意又从网上买了一本，发现这已经是 2009 年 1 月的第四版。捧读再三，还是一次又一次地被傅山先生和他的文友们深深地打动。隔着历史的长河，还是无比鲜明地看到他们悲绝而又困顿的羞耻心。在此之前，我还从没有被一个人的羞耻心如此强烈地打动过。

17 世纪中叶，中国极富戏剧性地经历了明清之间的改朝换代。史学家们把那叫作明清鼎革。就在这个历史现实鼎革的当口上，中国的读书人，中国的知识精英们，却也同时在宣纸上完成

了一次审美鼎革,完成了从帖学传统向碑学传统的深刻转向。白谦慎先生在这本书的导言中说:

> 在十七世纪,随着一些书法家取法古拙质朴的古代无名氏金石铭文,书法品位发生了重要变化。新的艺术品位在十八世纪发展成碑学传统,帖学的一统天下不复存在。在过去三百年中,碑学对中国书法产生了极其深远的影响,它对中国书法史的重要性,相当于印象派绘画在西方艺术史上的地位。

按说,纸面上的笔走龙蛇,纯属书法家的个人风格和爱好选择,可是,当这种个人的选择演变成为对于什么叫美的重新定位时,当这种重新定位最终改变了几百年的审美观,最终成为人们谈论美、成为人们讲究品位的标准时,我们终于可以看到,所谓明朝、清朝的朝代之争,所谓改朝换代的山崩地裂,都因为时间而变得无足轻重,可人们对美的选择和品位却显得深沉而悠长。难能可贵的是,白谦慎先生自己就是书法家,当他精细入微、丝丝入扣地为我们讲述精妙绝伦的笔墨之美的同时,却也为我们更清楚地讲述了,这美是如何在历史的困境中步步为营地煎熬出来的,却也让我们感慨万千地看到了从精神伤口中流淌出来的鲜血,从凡俗生活中萌发出来的渴望,是怎样一点一滴地滋养了美的赞叹和坚持。

1644年阴历三月十八日,在经过多年的征战、较量之后,李自成率领的大顺农民军终于攻陷北京。生死存亡之际，火光冲天、禁军四散，皇帝只有贴身的太监惶惶不安跟随在侧。十九日，在位十七年，所谓天时、命运、机会、人事一切皆错的崇祯皇帝，终于做出了一个正确的抉择——在煤山自缢而亡。随即，清军以讨伐李自成乱党为名进军关内，以急风暴雨之势占领北京，摧垮南明，横扫宇内，变更国号。转瞬之间山河变色，换了人间。可是，改朝换代之际，挂在煤山槐树上的那具皇帝的尸体，对遗民们，尤其对那些以前朝遗民自居的读书人，无疑是一个难以忍受的剧痛和煎熬——所谓杀身成仁、舍生取义是儒家伦理的最高道德，大变之际不能忠君殉国，活下来就是苟活，活着就是屈辱，何况逼在眼前的是君王以身殉国。残酷的现实再一次证明，道德不是写在纸上、挂在嘴边的巧言，道德从来都是义无反顾的行为。挂在煤山槐树上的那具尸体，对所有的遗民都是一个锥心刺骨的质问，那是只要一息尚存就无法躲避的羞耻。傅山和他同时代的许多读书人终其一生，都不能从这样的羞耻感中自拔。

1645年6月，南明弘光朝的兵部右侍郎袁继咸被清军俘虏，袁是傅山在三立书院时的老师。崇祯年间袁继咸曾经被人诬陷下狱，傅山变卖家产率领山西学子赴京请愿，使得蒙冤入狱的袁继咸无罪获释，此事曾经轰动一时。被俘后的袁继咸坚决不降，拒不仕清，领刑被杀之前曾经托人带信给傅山，生离死别之际袁继咸念兹在兹的就是生死难忘的羞耻心："晋士惟门下知我甚深，不远盖棺,断不敢负门下之知,使异日羞称袁继咸为友生也。"

1655年7月为"朱衣道人案"入狱一年的傅山获释出狱。出狱后的傅山在诗作中反复慨叹自己的羞愧,"病还山寺可,生出狱门羞","有头朝老母,无面对神州","死之有遗恨,不死亦羞涩"。

正是意识到了这种内心深处的情感拒绝和精神反抗,出于安抚笼络汉人知识精英的目的,才有了康熙皇帝著名的博学鸿儒特科考试。各地举荐了一百八十多位"博学鸿儒",几乎把大江南北的汉人精英一网打尽。顾炎武在得知自己可能被举荐后,再三致信相关官员,断然以死相拒,才得以幸免。傅山无法拒绝地方官员的恳求,只好坐了他们提供的驴车去往北京,但停留在城外的一所荒寺中称病不起,拒绝入城。事后返乡之际,傅山对前来送行的人释然道:"此去脱然无累矣!"庆幸之情溢于言表。傅山所庆幸的不是别的,而是从此往后,自己的羞耻心不必再被别人公然践踏。和傅山同样被迫参加考试的王弘撰在得知自己落选放归后,欣喜万分:"余今归去,宁敢言高,庶几得免'无耻'二字焉。"

但是,傅山的内心要复杂得多,孤独和悲凉是遗民们无药可医的心病。因为在自己拒绝的同时,他也亲眼看到了趋之若鹜的芸芸众生。出于人情和常识,他知道自己无法阻拦别人,也没有权力和能力阻拦别人的趋之若鹜。

傅山曾经为一位山西文友的父亲写传,在盛赞了老先生的高风亮节之后，他无比痛心地感慨一个令人难堪的事实："丁丑榜山西凡十九人。甲申以来，孝义张公元辅举义死城头外，出处之际，为山西养廉耻者，二人而已。"

这是在说崇祯十年，山西有十九人金榜题名中了进士，可改朝换代之际，十九位进士里"为山西养廉耻者，二人而已"。可见，"养廉耻者"所要面对的趋之若鹜的芸芸众生多如恒河沙数。

拒不仕清，是遗民们的政治和道德抉择。可是，随着时间的推移，连拒绝者自己也看清了这种拒绝对时局、对统治者都已经变得无足轻重，于是他们从拒绝出仕，转而为追求承担文化正统的代言人。在书法上回到源头，让审美的品位追溯古人，师法前朝，就成为他们深邃的精神寄托。傅山的挚友顾炎武对亡国和亡天下的辨析，也正是这样一种深刻的精神寄托，所谓"保天下者，匹夫之贱与有责焉耳矣"。这个不可以亡的"天下"，正是安放遗民羞耻心的天堂。

背负着这样的羞耻，他们走上了自己崎岖荒芜的碑学之路。在荒山野岭、断壁残垣之间孜孜寻访，在斑驳陆离的碑刻铭文中反复印证，在宣纸上千遍万遍地临摹书写，于是，在不可磨灭的亡国之耻，和不可剥夺的文化正统尊严的撕扯之下，在为千百年前所有无名氏命名的豪迈壮举中，他们确立了自信，也确立了新的审美尺度。

而最终，这种确立让羞耻心超越了历史，也超越了儒家的忠孝之道，成为一种良知的身份标记，成为一种不可剥夺的君子之志。

当年，傅山先生掷地有声的新书法宣言，"宁拙毋巧，宁丑毋媚，宁支离毋轻滑，宁直率毋安排，足以回临池既倒之狂澜矣"，如今早已变成了人人皆知的口头禅，可很少有人知道，这简洁有力直逼人心的"四宁四毋"，是从什么样的精神困境中一点一滴地煎熬出来的。

我之所以被傅山先生的羞耻心再三打动，之所以在《傅山的世界：十七世纪中国书法的嬗变》里流连忘返，实在是觉得傅山和他的文友们就像一面历史的镜子，从这面镜子里我看到我们这个权力和金钱双重专制的现实世界里，精神侏儒症早已是普遍的流行病。香港诗人黄灿然有一句一针见血的话：中国内地的知识精英们太善于在严酷的环境下让自己舒适起来。诚哉斯言！摇着尾巴做人已经是今天的圣经。

一切都好像是命里注定的。生遭明清鼎革之变的傅山先生，在饱尝了亡国之恨、遗民之辱的历史折磨后，又经历了个人命运的一连串打击：他二十六岁丧妻，自此孤身一人没有再婚。傅山的兄长傅庚早逝，留下四岁的孤儿傅仁，傅山代兄抚孤视如亲生骨肉，叔侄感情极深，可是傅仁却在三十六岁英年早逝。最令人不堪的是，就在傅山去世的前一年，儿子傅眉五十七岁去世，七十七岁风烛残年的傅山又经历了丧子之痛，肝肠寸断的老人悲绝难忍,作《哭子诗》十六首,哭忠,哭孝,哭赋,哭诗,哭文,哭志,哭字,哭画,哀哀不已。

1685 年初,自知不久于人世的傅山在临终前写下了《辞世帖》:

> 终年负费悬疣,今乃决痈溃痤,真返自然。礼不我设,一切俗事谢绝不行,此吾家《庄》《列》教也,不讣不吊。

这是傅山先生的绝笔。

一个旷世的天才,一个狂放不羁的书法家,一个独具慧眼的渊博学者,一个特立独行的思想者,一个满怀羞耻而又傲视天下的遗民,终于"真返自然"。一个终其一生在对笔墨之美的追求中颠沛流离的生命,终于可以回到永恒的安详和清静之中。

"礼不我设","不讣不吊","一切俗事谢绝不行"。

万历三十五年(1607 年)闰六月十九日,出生于山西太原府阳曲县一个书香世家的傅山先生,客居人世七十八载,于康熙二十四年(1685 年)正月(或二月)按他的心愿返归自然,把诗文和墨迹留在人间。

2009 年 6 月 4 日于草莽屋

燃烧绝望的龚自珍

——对一个诗人的疏远和接近

　　最早知道龚自珍这个名字，是从毛泽东讲话里见到的。而且记得是和"大跃进"有关。毛泽东引用龚自珍的诗："九州生气恃风雷，万马齐暗究可哀。我劝天公重抖擞，不拘一格降人才。"毛主席激扬文字、意气风发地引用这首诗，是为了号召全国人民"大跃进"。那时候我还戴着红领巾，对一切事情都朦朦胧胧的，对一切事情也都怀着无比的新鲜感。所谓先入为主，龚自珍这个名字在我的脑子里一直和"大跃进"联系在一起，龚自珍的形象一直是一个站在高山上两眼望前方的工农兵形象。后来，终于有一天读了关于龚自珍的书，读了龚自珍的诗和词，那个意气风发两眼向前的形象才算是彻底地被打扫干净了。掩卷之际无言以对，只有默默地掀动书页，不是为了看书，也不是为了看诗，只是为了再看看龚自珍，看看那个坐在历史的暗影之中点燃一腔绝望来为自己照明的龚自珍。

龚自珍是乾隆五十七年(1792年)出生,那时曹雪芹已经去世二十八九年了。虽然两人无缘谋面,但是有清一代,龚曹二人各以诗文传世,堪称中华传统文化的绝响。

　　一部中国文学史诗海文山,大家迭出,或忧国忧民,或感时伤怀,或遨游天外,或乡愁万里,或情意缠绵,或野趣横生,或玄机妙语,或讥讽时弊,中国的天才们几乎穷尽了一切可以穷尽的境界,但似乎空缺了悲剧,空缺了彻底的绝望。于是有人说,这是中国这种一元式的封闭性的文化传统的必然缺陷。如果没有曹雪芹和龚自珍,也许中国人的手里真的就只好像阿Q一样拿着一个尴尬的圆圈。但是有了曹雪芹和龚自珍,中国人终于在那个圆圈最后的接合部,打开了一个凄凉的缺口,尽管这缺口并不大,尽管这是一个有着许多遗憾的缺口;然而有了它,这间封闭的铁屋子里终于有了一线熹微的光;偶尔经过的人们也终于可以从这缝隙中听到中国人灵魂的歌哭。曹雪芹说"落了片白茫茫大地真干净",龚自珍说"心药心灵总心病,寓言决欲就灯烧"。一部小说和一些诗句,终于留下了对中国也是对自己的刻骨铭心的反省,和对这反省的无尽的叹息与哀绝。

　　纵观龚自珍的一生尽管说不上是一帆风顺,但毕竟中了进士,做过十四年京官。和抄没家产、破落到底的曹雪芹不可同日而语。但是破落到底的曹雪芹和中了进士的龚自珍,却不约而同地在大清朝的太平盛世中,发出亘古未有的哀叹。我们现代人衡

11

量古人,总是自觉不自觉地爱掏出一把历史的尺子,看看他是否"有利于历史的进步"。这中间的道理很简单,因为我们还活着,我们可以毫不费力与生俱来地获得时间优势。凭了这个优势,我们也就似乎是理所当然地坐在了真理的板凳上。其实我们只要稍微扭过头来朝自己身后看看就会明白,我们这些活人,早晚有一天也会作古的,那个时间的优势早晚有一天会无动于衷地消失的,早晚有一天会有另外一些活人,坐在另外的真理的板凳上,毫不费力地指出我们的愚蠢和无知。我常想,"真理"总在变,时间也总在变,之所以在永恒的变化中留下了诗人和他的诗句,那是因为他并非为了"进步"才作诗,而是为了一己永远无法排解的悲哀和慨叹而歌哭。其实,人类许多堪称伟大的艺术都是在无意之中留下来的。埃及的金字塔,原本不过是埋人的坟墓。中国的万里长城,原来只是为了战争而被迫修建的。动人心魄的青铜器,当初只是用来祭神和吓人的。凡是为了美而特制的工艺品,仅止于精巧而已,绝无耐久的魅力。世界上所有的庙宇也都是为了敬神而非为了悦人,才终于留在了无神而又平凡的人间。屈子投江,《离骚》传世。李白醉酒,诗落昆仑。只有不是诗人的人,才孜孜于自己那个明日黄花的"真理";只有毫无诗才的人,才整日惦记着自己是不是比别人多走了一步;所有的中国外国的名利之徒,都妄想着把那个水中的月亮捞到自己的手里来。可是,龚自珍说——

春梦撩天笔一枝，

梦中伤骨醒难支。

今年烧梦先烧笔，

检点青天白昼诗。

这是一个与所有的"进步"和"真理"都无关的龚自珍，这是一个与所有的功利和名利都绝缘的悲绝已极的诗人。这是一个现实所不能相容的，佛家所不能超度的，一切"合理"的道理所不能疏导的，连眼前的春天也不能慰藉的——孤独的人。"来何汹涌须挥剑，去尚缠绵可付箫"的龚自珍，可谓一代旷世天才。可他那旷世的天才非但不能填平心中的孤独，反而让诗人更加离群索居远离尘世。那刻骨的悲凉令他欲罢不能无言以对，他不但要把自己的诗卷付之一炬，甚至要把写诗的笔也烧成灰烬。这刻骨的悲凉使诗人既不能见容于眼前的世界，又不能被这世界所容。道光十九年（1839年），龚自珍终于辞官南返，两年后暴死在丹阳云阳书院讲席的任上。关于龚自珍的死，人们有种种猜测，有人说他是因为和奕绘贝勒的侧室、著名女词人顾太清之间有私情，东窗事发，仓皇出京，最终还是没有逃出奕绘的毒手，并举出《己亥杂诗》中咏叹丁香花的诗为证。还有人以为是"忤其长官"，怅然而去。历史疑团真伪难辨，其实也不必究其底里。龚自珍一生当中曾有数次恋情，诗人也曾为此而留下不少感人的诗篇。我想，不管是主动离开，还是被动离开，总之，龚自珍终于离开了那个被所有人羡慕的官场;数千年来,那个藏污纳垢的地方,一直是中国文人唯一可以实现自己价值的地方。也许龚自珍并没有给我们留下多少对于传统文化的理性批判,也许龚自珍并没有在"进步"的意义上留下多少自觉的贡献,但是,龚自珍给我们留下了中国人从未有过的旷世的孤独和凄凉,有这一份情感,中国人也就在人的意义上丰富了自己,感觉了自己。没有这一份情感,我们将会在自己的脸上看见许多难以抹去的人的苍白。

作为诗人,龚自珍终于把自己埋在那个古老的圆圈之外,给人们留下一份无穷的回味和留恋。

1993 年 1 月 27 日(农历癸酉年正月初五)于家中

虚无之海,精神之塔

——对鲁迅先生的自白

鲁迅先生的生日——9 月 25 日(1881 年)已经过了。

鲁迅先生的忌日——10 月 19 日(1936 年)也已经过了。

既非先生生日又非先生忌日,我以先生为题来做文章是因为自己,是想把自己的话说给自己听听,也说给先生听听。明知先生去世已有五十八年;明知滔滔忘川无船可渡;明知先生的铜像下青草黄了又绿,绿了又黄;明知今天的中国已不是昨天的中国,先生或许根本就不想听一个陌生人说什么。可我禁不住想说。

先生生前曾把自己的死安排得决绝而又冷静:"赶快收敛,埋掉,拉倒。""不要做任何关于纪念的事情。""忘记我,管自生活。——倘不,那就真是糊涂虫。"

先生生前曾对自己的文章看待得更是决绝而冰冷,"我希望这野草的死亡与朽腐,火速到来。要不然,我先就未曾生存,这实在比死亡与朽腐更其不幸"。

如此冰冷透骨的目光,如此漆黑如夜的否决,如此斩钉截铁的对人群的拒绝和反感。以先生五尺之躯,以先生弱体重疴的五尺之躯,竟化作如此深邃浩大的虚无之海。这是无语之海。这是怀疑之海。这是拒绝之海。这是否定之海。一切传统的和现代的种种神话,一切媚人的和骗人的种种谎话,一切正义的和革命的种种大话,一切芸芸众生嘴上人云亦云的种种好话,都在这冰冷的汪洋面前像沙土一样消解融化,露出它们卑劣的本色。先生说,"当我沉默着的时候,我觉得充实;我将开口,同时感到空虚。"先生说,"我于是只有'而已'而已!"先生的不耐与人交谈,先生的拒绝他人的"侵入",昭示于世人。尽管已经有半个多世纪的悠悠岁月隔在中间,先生的不耐和拒绝依然像一道绝壁赫然在目。知道先生的不耐和拒绝,可我禁不住想说。

先生以一人之勇和整个中国作对。

先生以一人之识和五千年的传统作对。

先生以一人之辩戳穿所有东洋、西洋学而成"士"的男士、女士的面具。

先生以一人之情承担了中国五千年第一伤心人的悲剧。

大哉斯人!

先生这样做的时候凭以立足的不是"理想""革命""现代",而是他脚下这一片深邃浩大的虚无之海。先生或许是明白了这海水对自己的淹没。或许,先生干脆就是渴望着自己融入其中。

生也有涯。以有涯投入虚无，或许是先生唯一可以找到、唯一可以得到、唯一可以实现的最后的安慰。先生深知自己的处境，他说自己是在敌人和"战友"的夹攻下"横站"；他临终前一个月写就的《女吊》的最后一句话是："我到今年，也愈加看透了这些人面东西的秘密。"

一个以一人之勇而走出人群独行于世的人，应该得到自己的安慰，应该得到独属于他一人所有的这一片汪洋。先生真是理性到了极点，终于从理性的极点跨进了虚无之海。先生真是冷静到了极点，终于从冷静的极点走进了生命的自我燃烧。如果先生只有虚无，那"鲁迅"二字并无多少东西可以品味。古今中外，虚无者多如过江之鲫。之所以感到这虚无之海的深邃浩大，之所以感到这虚无之海对于人心的逼照，正因为在黑暗和冰冷之中站立着先生绝望燃烧的生命的灯塔。以先生的理性和冷静在看过了太多也看透了太多人间的丑恶之后，先生在自己的字典里抹去了"相信"这两个字。在一切都不可信，一切都不能信，在每一次的相信之后得到的只有失望和受骗的时候，先生一意孤行地走进了自己的虚无之海；当无所谓相信的时候，也就永远地排除了失望和受骗。可在那个一意孤行的背影上却烧起了绝望的火焰，支持着这燃烧的是先生无以付出的对人的刻骨之爱。如此，我们在这片深邃浩大的虚无之海上，又看到一座精神的灯塔。如此，自鸦片战争以来的一个半世纪的中国历史上，我们得到了唯一的一位具有纯粹精神意义的伟人。与先生比，所有其他的伟人充其量只有思想的意义、学术的意义，或是什么别的意义（当然，这意义并非不重要）。无论是打算填满这片虚无之海，还是打算绕开这片虚无之海，你都不能不承认，这片冰冷浩大的汪洋，为有良知的中国人留下了一个可供遨游的深广的精神空间。当你犹豫不前，或者心满意足的时候，会有一座灯塔为你提醒自己所达到的境界的深浅。

由于先生的难以逾越和不可绕过，竟至有人硬把先生供奉为政治神灵，把先生的"骨头"和"脊梁"拿来做了阶级斗争的武器，在"文化革命"的浩劫中屠杀生命。这恐怕是变成了铜像的先生无论如何也料想不到的吧。对于先生这已经不仅仅是"侵入"，简直可以说是蒙面的涂染。一切最神圣和最高贵的，都在中国人的眼前崩塌在地，变成最卑鄙和最肮脏的，生命之血浸透神州大地。先生脚下的青草，绿了又黄，黄了又绿……先生站在虚无之海中等着有人走近或者绕过。终于，有了张承志的《致先生书》（尽管张承志有时偏激到了出轨的程度）。终于，有了王晓明的《无法直面的人生：鲁迅传》（晓明对先生的体察和批评可谓沉着而深切）。终于，在有人死了之后，又有人出生，长大，成熟。终于，又有人披荆斩棘，九死而不悔地向先生走来。他们在书写了对先生的敬意和批评的时候，也书写了自己作为一个人的精神的成熟；他们终于书写出了一代人的精神的成熟。他们把自己精神成熟的里程碑，毅然放在这垃圾和腐朽遍地的时代的崎路上，又毅然前行。因为都是成熟者,他们心明如炬,知道各自必将分道扬镳,知道各自都只能选择自己的流向大海之路。但这都不重要。重要的是每个人都已经来过这深广的源头,并从这里开始了自己的流程。有那座绝望的灯塔燃烧在前,他们绝不会再把自己误认为"伟人";有那片冰冷浩大的虚无之海在前,他们也绝不会天真到自诩"壮举"和"豪迈"。在这个连杀人和自杀都要按照广告方式来操作的时代(比如顾城式的丑陋的精神撒娇),在这个把所有的垃圾摆到桌上来"狂欢"的时代,他们沉着地放下自己的里程碑,与所有的狂欢者和撒娇者划清界限毅然前行。因为有先生在,他们时时会感到那灯塔的亮光;因为有先生在,他们时时会听到那虚无之海的阵阵涛声。先生留下的遗产不是学位和奖金,不是暖人的鼓励和保护。先生留下的是冰冷不屈的怀疑,是至死不渝的燃烧。

当我这样说到虚无之海和精神之塔的时候,我知道时下流行的是"解构",是对"权威话语的逃离"。而且,我知道已经有人在把先生当作一种"文化神话"来"解构"了。人们急着"解构"鲁迅,是为的害怕耽误了"文化狂欢节"的入场券。如今先生的"骨头"和"脊梁"已不再被人当作武器;如今先生的"骨头"和"脊梁"是要被人"解构"了,放到"后现代"的宴席上做一道配菜。每想到此,就不由得苦笑,冷笑。一个多世纪以来,中国人一直就在忙着铲除和打碎。铲除打碎到举目四顾尽皆废墟和垃圾的时候,要忙着去做的居然还是"解构"——"解构"这座唯一的精神之塔。由此知道如今的各种"士"是狂欢第一,余者则是可以尽皆"解构"的。幸亏先生有言在先"收敛,埋掉,拉倒"。幸亏先生自己在活着的时候就已经希望着自己的"死亡与朽腐""火速到来"。不然,真的还要留下太多的"解构"工程,真的还要耽误各位的狂欢。

茵茵青草在先生的铜像下,绿了又黄,黄了又绿……

也许是终于到了不惑之年,也许是在经历了"文革"浩劫的震撼之后,又经历了种种"轰动"的狂喜和并不亚于浩劫的种种震撼,才终于学会了在内心深处为自己留下一角不与人言的土地。在这一角土地上静想自己和世界,才明白更该诅咒的不是四周的黑暗,和黑暗的逼近,而是自己的愚钝和轻信。才终于坚信,内心深处这一角以生死之难换来的留给自己的土地,绝不拿出去给什么人"解构"。不管他有怎样的可怕的权势,也不管他有怎样动听而"现代"的理论。先生历尽沧桑,先生看了太多太多,先生怕是早已听腻了这一类的把戏。可我禁不住想说。

以不惑之年,以这样的自白说给先生听,明知先生的拒绝和不耐。可我禁不住想说。先生不听。就说给自己听吧。

1994 年 11 月 29 日匆匆于灯下,次日凌晨增补

另一种纪念碑

现在,大凡专门到湘西凤凰县一游的人,都是为了沈从文先生而来的。沈先生是凤凰人。沈先生的故居和墓地都在凤凰县城。黄永玉先生手书的碑文静立在墓地入口旁:"一个士兵要不战死沙场便是回到故乡"。沈先生没有战死在沙场。其实,沈先生也没有回到故乡。他遥远地死在一个叫作北京的喧嚣的大都市里。当年,一个二十岁的士兵为旧生活所窒息,被新生活所感召,突然决定放下枪,拿起笔,要以文学闯天下的时候,他所来到的第一个城市就是北京。这个一文不名的青年,在自己的文学梦中几乎冻饿而死。当初谁也不会想到他日后传遍世界的文名。郁达夫先生在《给一位文学青年的公开状》中,曾经感慨万端又大泼冷水地记述过这个青年身处绝境的惨状。最后,这个顽强的青年终于在绝境中立定了脚跟,并且终于在文学的山冈上留下一片美丽的森林。这个闯荡了世界的青年终于又死在北京。如此说来,沈先生虽然没有战死沙场,终究还是客死他乡。回到故乡的不过是先生的骨灰。或者像我们自我安慰的那样:沈先生终于魂归故里了。——一段迂回的山路,一片逼仄的台地,一块自然坠落的石头,石头略微凿磨的平面上是沈先生的笔迹:照我思索,能理解"我";照我思索,可认识"人"。这些话和这块石头面对着已经有些污浊了的沱江,一座旧石桥,和一些已经破旧不堪的吊脚楼。在这些话和这石头背后的山坡上,环绕着零乱却又茂密的草木。凤凰的朋友们当年参加过那个仪式,他们说,大部分骨灰撒进沱江了,只有几块骨头是由沈先生的孙子亲手埋在这石头下面的。

其实,一个游子,一个精神的游子是永无故乡可回的。就像一条从雪山之巅走下来的河,从它出走之日,就再没有回家的路了。

沈先生在凤凰城里长到十五岁,而后从军,又在沅江、辰水之间浪迹五年。此后,湘西的山水就再也关不住一个年轻人的心了。可这二十年的人生成了沈先生文学创作的源泉,他那些最深沉最美好的文章,都是从湘西的江河里涌流出来的。这个有一位苗族祖母又一位土家族母亲的乡下人,这个没有上过大学,没有留过洋,没有任何文凭、学位的湘西赤子,竟然做了一件伟业:他用湘西的河水滋润了在一派酷烈的"西风"中枯萎断绝的中国诗魂。有了他的《从文自传》,有了他的《湘行散记》,有了他的

《湘西》，有了他的《边城》和《长河》，中国人枯叶一般飘零的诗情，终于又有了一片水意深沉的沃土。再过一个世纪，两个世纪，再过许多个世纪，当人们回过头来打量中国传统文化分崩离析的过程，当人们辨别中国人的生命样式和别的人有什么不同的时候，沈先生留下的这一片美丽的森林，是会叫人惊奇和赞叹的。——"照我思索，能理解'我'；照我思索，可认识'人'。"

大概是因为沈先生盎然不绝的诗意吧，他竟然在许多时候，在许多人那里被误解成是一位——而且仅仅是一位——传统的"田园诗人"。许多人把"美化落后""诗化麻木"的批评放在他的名字上。也确实有人依样画葫芦，把中国所有偏远落后的乡村变成了"民歌集成"的歌舞场，并因此而得到了大大小小的文名。我一直不解的是，怎么会有这么深的误解和误读。别人不懂也就罢了，难道我们这些中国人也真的再也听不懂中国诗人的歌哭和咏叹了吗？难道历史的风尘真的把我们埋葬得这么深这么重了吗？难道一种弱势文化的人，连听力、视力和生命的感觉力也都是弱势的吗？以至我们竟然听不懂一个肝肠寸断的柔情诗人的悲鸣，以至我们竟然看不见，在夕阳落下的那样一种悲天悯地的大悲哀。

于是，我就在道尹衙门口平地上看到了一大堆肮脏血污的人头。还有在衙门口鹿角上，辕门上，也无处不是人头。

⋯⋯⋯⋯⋯⋯

我那时已经可以自由出门,一有机会就常常到城头上去看对河杀人。每当人已杀过不及看那一砍时,便与其他小孩比赛眼力,一二三四屈指计数那一片死尸的数目。或者又跟随了犯人,到天王庙看他们掷筊。看那乡下人,如何闭了眼睛把手中一副竹筊用力拋去,有些人到已应开释时还不敢睁开眼睛。又看着些虽应死去,还想念到家中小孩与小牛猪羊的,那分颓丧那分对神埋怨的神情,真使我永远忘不了。也影响到我一生对于滥用权力的特别厌恶。

但革命在我印象中不能忘记的,却只是关于杀戮那几千农民的几幅颜色鲜明的图画。

(《沈从文散文选》:《辛亥革命的一课》,人民文学出版社)

看了这样的文字还要说沈先生是一个传统的田园诗人吗?还要说他用诗意涂抹了苦难吗?这个世界上可有一个摆满了人头和尸体的"世外桃源"吗?而这些刻骨铭心的记忆,这"几幅颜色鲜明的图画",是所有那些潮湿的吊脚楼,雾气弥蒙的河水和夜幕上闪烁的星星的背景,所有那些妓女、船工、士兵和农民的故事,都是在这样一种深重到叫人透不过气来的底色上描绘出来的。如果说在中国传统文人诗歌中的"悯农"和"田园",体现的是一种封闭的人格,并在两千年的延续中最终变成了一种"慢性乡土病"(请参见拙文《中国文人的慢性乡土病》),那么走出湘西对于沈从文就不仅仅是一次旅行,而是一种对新生活和新精神的追求。是一场再生。对此，沈先生曾十分恳切地说过："我离开家乡去北京阅读那本'大书'时，只不过是一个成年顽童，任何方面见不出什么才智过人。只缘于正面接受了'五四'余波的影响，才能极力挣扎而出，走自己选择的道路。"（《沈从文散文选》，人民文学出版社）这个秉承了新文化运动洗礼的湘西人，以全新的眼光看待自己和自己的家乡时，就诞生了中国现代文学史上这一片最深沉也最美丽的森林。中国诗歌所最为崇尚的"神韵"和"意境"之美，在这片森林中流变成为一种不可分离的整体呈现。这是中国诗的传统向现代散文文体一次最为成功的转变。而弥漫在这些美丽的文字背后的，是一种无处不在、无处不有的对于生命沉沦的大悲痛，和对于无理性的冷酷历史的厌恶。在这肝肠寸断的痛惜的背后，是一种人的觉醒，是一种现代人格的建立。对此，沈先生自己说过一句肺腑之言："写它时，心中充满了不易表达的深刻悲痛！"所谓"大音希声"，所谓"有大美而不言"。不像郁达夫、郭沫若们那般浅薄直露地"噫！噫！啊！啊！"未必就不懂得痛苦，未必就没有深刻。事实上，这正是沈从文先生不为潮流所动，独到而深沉的追求。——一个能和时代风格相抗衡而独立于世的作家必定是大家。在当时那一派峻急、坚硬、浮躁的白话"国语"的主流中，沈从文的从容沉静和优美大度尤其显得卓尔不群。看了沈先生1934年为《边城》所写的题记，就更会明白他的追求是出于一种清醒而深刻的自觉（见《沈从文文集》第6

卷）。

在沈从文诗意神话的长廊中,《边城》无疑是最精美的篇章。那是关于一个老人、一个女孩和一只狗的童话。随着一幅幅或浓或淡的画面从眼前消失,在你整个的身心都得到深沉的舒展之后——慈祥的祖父去世了,健壮如小牛的天保淹死了,美丽的白塔坍塌了,姑娘的情人出走了,"也许永远不回来了",善良天真的翠翠,在挣扎不脱的命运中再一次面临母亲的悲剧,翠翠那一双"清明如水晶"的眸子,不得不"直面惨淡的人生"。溪水依然在流,青山依然苍翠如烟,可是一个诗意的神话终于还是破灭了。这个诗意神话的破灭虽无西方式的剧烈的戏剧性,却有最地道的中国式的地久天长的悲凉。(在这一点上,身为洋人的金介甫先生反倒比我们有更敏锐的体验和论述。)

随着新文化运动狂飙突进的喧嚣声的远去,随着众声喧哗的"后殖民"时代的来临,沈从文沉静深远的无言之美,正越来越显示出超拔的价值和魅力,正越来越显示出一种难以被淹没被同化的对人类的贡献。如果说沈先生的文字流露出了某种"世外"意味,那也是因为湘西这块土地一直是苗族和土家族世代杂居之地。这是一块不曾被正统的儒家文化彻底同化的土地。这块土地曾经以它无数次的对中原文化的以死相拼,才保持了自己的"率真淳朴"、"人神同在"和"悠然自得"。这里的"率真淳朴"、"人神同在"和"悠然自得",如果不是"原始"的,也是一种"原本"

的生命样态,它用不着和儒家的"入世"相对立而存在。(当然这里所强调的是一种不同的精神特质,它们并不可以拿来对苗族、土家族人的生活状态和历史境遇,做简单的"诗意化"诠释。)也正是这一脉边缘的"异质文化",成就了沈从文的独特。而这和那个浸透了中原传统文化价值观的"桃花源"根本就是风马牛不相及。也正因为这个产生于中国本土的独特性,又和中国传统文化有着千丝万缕的联系,沈从文先生才有可能"自然而然"地完成对于中国诗歌的承接和转化。在世界性的文化大潮的交汇和吞没中,在难以言说的沉沦和阵痛中,这是一次边缘对于中心的拯救,这是一次弱势对于强势的胜利。总会有那么一天,总会有越来越多的精神的成熟者,听懂了一个肝肠寸断的柔情诗人的咏叹;总会有那么一天,总会有越来越多的纯美的寻觅者,读懂了一个悲悯的智者地久天长的书写。

站在沈先生的纪念碑前,不知怎么就想起了川端康成。这两位在某种意义上都有唯美倾向的作家,在各自的祖国却有着截然不同的命运。沈先生1902年出生,川端康成1899年出生,二人相差只有三岁。在20世纪30至40年代,他们都已经写出了自己最优秀的作品。二战之后,沈先生来到新中国,川端康成在日本战败的背景下"深深陷入凄凉与寂寞之中","把自己也当作已经死亡"。但是,来到新中国的沈先生从此也就落入了中国知识分子群体性的"自遣"当中。在一片"旧社会的渣子""新时代的落伍者""腐朽的资产阶级"的自我谴责中,沈先生同大部分从旧社会过来的知名作家一样放下了手中的笔。在这个以残酷的政治权力和阶级斗争为中心的时代,他们真的成了"废物",成了"寄生城市里的'蛀米虫'",对于"起始当家做主的新人,如何当家做主,我知道的实在太少了"(《沈从文散文选》,人民文学出版社,第 405、406 页)。但"把自己也当作已经死亡"的川端康成,却一部又一部地写出了《舞姬》《千只鹤》《睡美人旅馆》《古都》等作品,并且在 1968 年为日本赢得了第一个诺贝尔文学奖。而 1968 年,沈先生正在五七干校劳动改造。在此之前,他的家被抄过八次,他本人曾被强迫打扫厕所达一年之久(见《沈从文传》,金介甫著)。或许这就叫作宿命,或许这就叫作古老传统所给定的轨迹,或许这就叫作在劫难逃吧。一个天才,一个拯救并承接了中国诗魂的湘西赤子,不得不夭折,不得不在阴暗的政治角落里窒息。我们口口声声保护中华民族的文化传统,我们念念不忘中华民族文化创造性的转化,可我们却在许多年里对做成了如此伟业的作家视而不见。总算盼到有一天我们把他又"发掘"出来,又"发现"了他的时候,我们又禁不住如此"习惯"而"老到"地把他放进一个古典的"田园诗"的画框里。我们真是不可救药地病入膏肓!

　　站在沈先生这块天然未凿的石碑面前,我想,它纪念的或许应当是 1950 年以前的沈从文。沈先生微含笑意的脸从斑斓的石纹中显现出来,有谁能读懂困顿在那些苍老的皱纹里的创痛和沧桑?

　　行文至此,热泪横流。因为我们明白,沈先生自己的生命最终也未能逃脱得了那种无理性的冷酷的淹没。沈先生作为文学家的生命,最终也融进了那一片沉重得叫人透不过气来的底色之中。和家乡那些成千累万在无奈中死于战火的青年人一样,作为文学家的沈从文在四十八岁的壮年,也就是 1950 年,骤然夭折在"新时代"的风雨中。沈从文先生的后半生虽然又有《中国古代服饰研究》的巨著问世,但那已不是文学,那更是一种"四库全书"式的"学问"。作为文学家的沈从文最终还是没能走到底,最终还是窒息在历史的沙场上。留在这里的这块石头,不过是一个跋涉者骤然止步的记录。

　　其实,沈从文先生又何须一块石,何须一座山,何须一条河来为自己的不朽做纪念呢?只要打开他的书,你就能走进他那一片无比深沉又无比美丽的森林。让我们向这片森林深深地鞠躬吧!

　　　　　　　　1997 年 11 月 8 日傍晚,湘西归来,写于太原
　　　　　　　　11 月 20 日改定

29

谁的人类

　　1989年3月底至5月初，应美国新闻总署之邀，我在美国游历了四十天。行程将尽的时候，邀请者告诉我在加利福尼亚州的柏丽纳斯镇，有一个"中国文化研讨会"你参加不参加？我说，参加。于是我就从旧金山去了柏丽纳斯镇。到了会上一看，才知道除了我之外，与会者都是些大名鼎鼎的人物。我就想，那就只用耳朵，听吧。没想到，却听出一个非说不可的话题来。

　　会上有一位也是从外国来的白皮肤的教授，不断地批评和挖苦中国人。他是个"中国通"，据说当年曾经和"工农兵大学生"一起上过大学，所以，会说一口流利的中国话。我听起来并无障碍。从普通民众、学生青年到知识分子，他无不指责。因为他是"中国通"，他挖苦的常常就比较细，连一些中国艺术家脸上留着的大胡子也挖苦到了。不过，对于我们这些读着《阿Q正传》长大的中国人来说，这位教授的挖苦倒也并不太苦。终于，这位教授的话锋从"大胡子"转向了对整个中国艺术家的评价。他说他所认识的中国艺术家只关心一个问题,就是自己的创作怎么才能讨外国人的喜欢,在画家圈里就格外地明显。连续用了两天的耳朵之后,这一天的下午终于轮到我做"专题发言"。我对那位教授说,中国有一句俗话,树林子大了什么鸟儿都有。你说的那种只知道讨外国人喜欢的人肯定有,而且肯定还不少。这和我在美国几十天,天天在电视里都能看见的肥皂剧和多得不能再多的广告,是一码事,那都是垃圾。就像美国的垃圾不能代表美国的艺术家一样,中国的垃圾也不能代表中国的艺术家。我对他说,你认识多少中国艺术家我不知道,但是我所认识我所知道的艺术家、文学家都是非常真诚的,比如史铁生,比如王安忆,比如莫言,比如在山西我身边的朋友,比如我自己。

说到我自己,我写小说从来就没有想过外国人喜欢不喜欢,甚至连中国人喜欢不喜欢我都不想,我只想自己喜欢不喜欢,我写小说的时候只想下面出现的这个句子,这个词,这个字,是不是我自己最满意最喜欢的,别的一概不管。我曾经和陪了我一路的翻译蔡先生开过一个玩笑,我说我就是掉进白油漆桶里也还是不管用,身上染白了心里也还是黄皮肤的中国人。一个人与生俱来的文化传统是无法选择的,就好像无法选择自己的父母一样。深刻地了解甚至精通一种文化是一码事;与生俱来所赋予、所体验、所经历的生命感受是完全不同的另外一码事。而艺术创作所依

31

靠的恰恰是后者。我告诉那位教授，我笔下的人物大都是些吕梁山区的农民，他们手上拿的镰刀还是新石器时期就定型了的，他们播种用的耧还是两千年前西汉人赵过发明的，他们每天用来填饱肚子的食物是玉米面窝窝和马铃薯——他们自己管那叫山药蛋。但是，坐在牛车上用玉米面窝窝、山药蛋填肚子的人，和坐在汽车里用热狗、牛奶、鸡蛋填肚子的人都是人，他们在人的意义上是一样的，是平等的。吃玉米面窝窝手里拿着镰刀的人，照样有他们的幸福和悲哀，他们的幸福和悲哀也照样是人的幸福和悲哀。我告诉他我有一句话——"人们都不愿意相信眼前的奇迹"。中国新时期以来的文学已经出现了堪称杰出的作家和作品，这个杰出不只在中国杰出，就是拿到国际上也照样是杰出的，只是有些人还没有了解、还没有认识罢了。比如莫言的《红高粱》就是这样的杰作。可是一说到作家和作品，人们就总要说到"局限性"，其实人本身就有局限性，人只能有两条腿、两只胳膊、一个脑袋，而不能像螃蟹或蜘蛛那样有好多条腿；连地球都有局限性，它只能是一个大致的球体，而不能是一个任意多边形，它也只能非常单调地按照固定的轨迹围着太阳转，而不能天马行空到处自由飞翔。这实在是很大的悲哀。可这悲哀并不独属于中国的作家和艺术家。

所谓如鲠在喉不吐不快，那天下午，在柏丽纳斯镇当着许多"鼎鼎"的外国人和中国人，我心直口快地说了这些话，和一些另外的话。会后不少人向我致意表示赞同。尽管五六年过去了,那天下午会场上的气氛和场面依然历历在目。随着时间的冷却,当初那个"不快"的感觉渐渐平服了。但是,一个无法绕过的命题却越来越巨大地逼在眼前,那就是当中国的作家、艺术家们杰出而深刻地表达了自己的时候,为什么我们的表达只被看作是"中国的"而不被看作是"人类的"。事实上几乎所有欧洲和北美的杰出作家和作品,在被人评价的时候都会被冠以"深刻地表达了人类的处境""深刻地描写了人类的苦难""深刻地体现了人类之爱,和人的尊严与荣耀",等等等等。在这个用"人类的"三个字所组成的神圣之山上,云集了所有欧洲和北美的艺术大师和他们的作品,需我辈仰视才见。如果真的有这样一个超民族、超国家、超文化、超时空的大写的"人类",为什么中国的作家、艺术家和我们的作品就与此无缘?不仅无缘,而且还常常会被别人或是"无意识"或是"下意识"地排除在"人类的"之外。最有讽刺意味也最常见的是我们自己,也在做着这样的排除。难道中国人真的不在"人类的"之内?或者说,这个人类到底是——谁的人类?

用卡夫卡和鲁迅做比较就尤其鲜明。卡夫卡 1912 年写出了《变形记》(1915 年发表),鲁迅 1918 年写出了新文化运动的第一篇白话小说《狂人日记》;卡夫卡 1922 年写出了长篇小说《城堡》(1926 年出版),鲁迅 1921 年底开始发表《阿 Q 正传》,并于三年后的 1924 年陆续开始了最具深意的内心独白式的《野草》的写作。

在《变形记》中，那个说德语的推销员格里高尔虽然变成了大甲虫，也还是逃脱不掉文明的欧洲社会对他的强求和压迫，也还是逃脱不掉自己内心深处那一套做人的规矩，并最终死于这些冷漠的强求和规矩。那是一幅关于"人的异化"的最绝妙也最触目惊心的缩影。在《狂人日记》中，那个疯了的弟弟在中国四千年的历史中竟然只看见"吃人"这一件事情，在中国的历史典籍中只看见"吃人"两个字；最可悲的是他只有在变成一个癫狂的疯子时，他才能看清历史的真相；他看清了真相，他在别人的眼睛里也就成了一个不明事理的疯子。为了突出这个令人胆寒的疯人的两难处境，鲁迅先生在小说的序言里意味深长地将"真事隐去"，让那位正常的兄长大笑着告诉大家，他的疯弟弟"然已早愈，赴某地候补矣"。在这里，卡夫卡和鲁迅对各自的文化传统和社会现状，都坚持了一种彻底的批判和否决，都表达了一种深刻的、人被自己建造的文化所异化的无可逃避的处境。而《城堡》中的 K 和《阿 Q 正传》中的阿 Q，不但都只选了一个单独字母做名字，连他们的来历、籍贯、职业、长相也都同样是模糊不清的。K 在一个莫名之地，在一群冷漠如鬼魅的人的包围之下，经历千难万险，最终也还是无法进入那个可望而不可即的城堡。在这部没有最后完稿的小说里，据说卡夫卡设计的结局是：K 弥留病床之际，城堡来了通知，他还是只能留在村里而不许进入城堡。这是一个绝望的结局。而阿Q在经历了自己种种可笑可怜的"精神胜利"的努力之后，也终于因为莫名其妙的罪名而被枪毙。包围着阿Q的也是一群冷漠、麻木、可怕的人，这一群人竟然因为阿Q是被枪毙而不是被砍头而感到无趣。阿Q最终被面对的人群所拒绝，没有姓氏，没有钱财，没有体面，没有地位，没有尊严，没有爱情，他最后甚至连自己死刑画押的那个圆圈也没有画圆。阿Q的结局也是一个绝望的结局。在卡夫卡的笔下这个永远无法接近、永远无法战胜、永远无法终极判定的"城堡"，成为一个荒诞的寓言和一个多义而又悲冷的象征。而永远无法确认自己，永远无法超脱自己，永远无法战胜别人，永远无法进入人群的阿Q，也是鲁迅笔下一个最丰富、最多义，也最令人悲哀的寓言和象征。如果说在《阿Q正传》中还因为一些具体的社会环境的描写，而可把阿Q只看成是中国人的象征，那么到了《野草》中，鲁迅先生就已经彻底地排除了具象的一切细节，达到了一种高度的抽象和象征：那个只乞求虚无和灰土的求乞者，那个破碎在灯影里的"好的故事"，那个毅然决然走向坟场的过客，那个于噩梦中"抉心自食，欲知本味"的死去的自己……面对这令人无比寒冷惊骇的文字，就仿佛面对着一面不知年代、不知来历也不知作者的斑驳冰冷的巨大石碑，那令人费解却又直指人心的言说有如天启。

在卡夫卡和鲁迅之间还有一个共同点，就是在他们从事文学创作的前后，都各自经历了一场历史的大事件：第一次世界大战对于欧洲文化传统和自信心的打击是毁灭性的;同样辛亥革命打倒皇帝,和随之而来的这场革命淹没在军阀血腥无耻的屠杀之中,对于中国文化传统和中国人自信心的打击也是毁灭性的。

在这两场毁灭之中,欧洲产生了他们的现代文学的奠基人卡夫卡;中国不但产生了自己第一位现代文学大师,也产生了自己新文化运动最杰出的精神领袖。正是表面上看来全面反传统的鲁迅,成为中国文化能够不死的象征和源泉。借用一句时髦的理论术语,鲁迅事实上已经成为中国文化向现代转型过程中的"奇理斯玛"。如果从这一点上来比较,鲁迅是远胜于卡夫卡的文化巨人。

我之所以这样不厌其烦地说出这些常识,实在是因为在这些大家都已经知道了的常识背后那个截然不同的判断:说到卡夫卡,人们的和我们的评价常常是"人类的""人性的""人的",等等,等等,总之,是超时空、超民族、超文化的。而说到鲁迅,则往往是"中国的""中国人的",等等,等等,总之,是"有局限的""是一部分人的"。现在关于鲁迅的论著数不胜数,可有谁说过鲁迅的"人类的"意义吗?可有谁从"人类的"角度出发看待鲁迅的文学著作?外国人不这样想也就罢了,我们中国人这样想过吗?

在这里又碰到一个常识。人们会说卡夫卡在绝望的时候并无另外的文化做依靠和希望,因而是彻底的绝望。而鲁迅在对中国传统文化绝望的时候,心里却还藏着对西方文化的信任,还盼望着把西方的"德先生"和"赛先生"请到中国来,因而鲁迅的绝望是还有希望的绝望,当然是有局限的绝望。但是我想,如果说在鲁迅先生的第一篇小说《狂人日记》里还有半句"救救孩子"的"理想",那么到了拿革命烈士的鲜血来治病的《药》,到了《阿Q正传》,到了《孤独者》,尤其到了《野草》,鲁迅先生以他极其彻底的怀疑和也是极其彻底的孤独,早已超越了狭隘的文化视野,而达到了对人的极其深刻的表现。

如果我们陷在东西文化的碰撞当中而难以看清的话,只要把聚焦的视点向后移动一下就会一目了然。曹雪芹的《红楼梦》算不算"人类的"文学呢?他的"落了片白茫茫大地真干净"的悲剧,是不是"人类的"悲剧?是不是对于"人类的处境"的深刻的表达呢?再向前看,苏东坡、关汉卿、杜甫、李白、屈原……算不算"人类的"呢?就他们所达到的艺术境界而言,世界上可以与之比肩的人有几个呢?这里又遇到一个常识的问题。在有了萨伊德的《东方主义》和所有"后殖民"理论的今天,我的这些问题早已不是问题,早已被理论家们"说明"了。西方人在世界范围内推行了他们武力的和经济的殖民的同时,他们也更加深刻更加霸权地推行了西方的"话语权力",因而我们这些西方以外的人,只好站在西方话语的外边说话,只好站在那座"人类的"高山的脚下向上仰望。而其实那座高山原也不过是一座被一部分人用手搭建起来的山,并非全世界的人类共同搭建起来的高山。不过,全世界的人类共同自觉自愿只搭建一座山的事情，迄今为止还没有发生过。我还是想回到常识。在有了这些所有的理论、所有的争论之前，人类不是已经有了许多许多堪称杰出的艺术作品了吗？这个世界上如果只有阿尔卑斯山，或是只有喜马拉雅山，只有乞力马扎罗山，岂不是太单调、太可怕了吗？世界上各个不同传统不同文化的艺术家，难道是为了某个好理论才创作，或是为了"话语权力"才创作的吗？难道是为了表达"人类的"这样一个理念才动情地歌哭的吗？难道艺术是一个预谋吗？如果一切都是可以预设的，那人类这个物种该是一群多么乏味的生命！这一切似乎都是常识。可是一切的误解和错误也都是从常识出发的。我在这里无意贬低理论，而只是想强调创作的不同。而事实上所有真的新理论的产生，也正是在对以往被旧理论设定了的世界的打破中获得的。也正是在这一点上，它的魅力与价值和艺术是等同的。——那是一种创造力的体现，那是一种对人的丰富。

我在评论我妻子蒋韵的小说集《失传的游戏》时，曾经对她的那些故事说"这是活生生的与所有的古典和现代的理论都无关的人的处境。这是人在文化外套的极限之外被碰破的伤口"。其实，这也是我的自道，也是我对一切杰出艺术的看法和追求。可惜的是，现在满眼所见，到处都是故意制造的伤口，到处都是精心化妆的美丽。人们以这样的制造和化妆来换钱和惑众的同时，正在失掉的是自己感知幸福和痛苦的能力，正在失掉的是生命本身,是生命最为可贵的原创力。

当卡夫卡满怀悲哀和绝望,无可奈何地徘徊于"城堡"之外;当鲁迅断然拒绝了人群,孤独、悲愤而又一意孤行地坐在自己黑暗冰冷的怀疑之中;他们敏锐而深邃的内心被丰富的生命体验所充满的,绝不是"人类的"这三个字可以尽述的。

让我们坚守常识,让我们坚守自我,让我们坚守诚实,让我们在对自己刻骨铭心也是自由无拘的表达中,去丰富那个不可预知、天天变化的"人类"。——当然,这只是对真的想从事艺术的人而言。

1995 年 5 月 21 日写于家中

精神撒娇者的病例分析

为了读者,也为了使我的分析不至于受到干扰,下面所举出的三个人先略去他们的名字。又为了使大家对他们有所了解,我先把这三位先生的言行做一个最简要的介绍。

第一位,哲学家,男,生于 1889 年 9 月 26 日,死于 1976 年 5 月 26 日。对于一位哲学家最应该但也是最难于介绍的就是他的哲学。为了不至于陷入笔者的信口胡说,我还是把哲学家的原话摘录如下:

"人却是被存在本身'抛'入在存在之真理中的,从而如此这般地生存的人看护存在之真理,以便存在者在存在之光中作为它所是的存在者显现出来。至于存在者是否显现以及如何显现,上帝和诸神,历史和自然是否进入存在之澄明以及如何进入存在之澄明中,是否在场与不在场,都不是人所决定的。存在者的到来是基于存在之命运。但就人来说,仍然有这么个问题,即他是否获得相应于存在之命运的他的本质的得体的东西;因为人作为生存着的人须得按照存在之命运看护存在之真理。人是存在的看护者。"(孙周兴,《说不可说之神秘》,第 163 页)

好了,只这一段话已经够我们云里雾里地琢磨一辈子了。必须声明的是,这几句话绝不能代表哲学家的全部哲学,这不过是在通过一滴水想象一下大海。为了让我们这些不懂哲学的普通人,对这位哲学家的地位有一个大家都可以明白的了解,我再引述几句另外的评论:"他是当代哲学家中最有影响的本体论学者。"(《简明不列颠百科全书》第 3 卷第 629 页)"对我来说,××一直是非常重要的哲学家。……阅读××决定了我全部哲学的发展道路。"(福柯,《权力的眼睛》,严锋译,第 116 页)"另一方面是同样复合多样的、在未来很长一段时间将不断引起争论、谜一般的、仍须不断被阅读的××的思想。……困难的严重性甚至达到了这样的程度,那就是××的'思想'动摇了哲学和人文科学的根基。"(德里达,《一种疯狂守护着思想》,何佩群译,第 136、138 页)为了更明确地说明这位哲学家的地位和业绩,我们不妨引用她——也是哲学家的情人的赞语:"思想帝国的无冕之王"。

这位哲学家到了晚年风采依然,我再把一个现场目击者的描述做一下转录:"……给我留下最深的印象,不是他的渊博学识,或深奥思想,而是他作为一个教授的个人风格。他是一个极其严格的导师,不能容忍哲学研究上的任何无知、浅薄、怠惰或谬误。

他对此深恶痛绝、毫不留情,几乎到了令人生畏的地步。我记得在一次讨论会上,××像一头咆哮的狮子,因为他对手里挥舞着的一篇教授论文极不满意,认为它简直与哲学研究毫无共同之处!他口若悬河、滔滔不绝地至少说了三个小时,几乎把那篇论文中的每一句话、每一个字都批驳得体无完肤。所有坐在××周围的人:那些未来的博士和教授,再加上我,都噤若寒蝉。那是一种末日审判的景象:××仿佛用一双无形的手,把那篇有罪的论文一页一页地撕得粉碎。我们既不敢正视伟大的哲学家,也不敢旁顾惊恐不已的论文作者,只觉得那些亵渎过神明的纸片仿佛不断地落在我们每一个人的头上……那时,我的脑子里只有一个意念:'谢天谢地,幸亏我不是他!如果我是他,又该怎么办?……'其他的,什么也没有想,什么也没有听。我相信,除了××和那位可怜的、想当教授的博士之外,这就是那次讨论会上每一个人的心理状态。"(萧瑟,《读书》1996年9期,第153页)

第二位,散文家,男,生于1885年,死于1968年。这位散文家的前面是可以加一个"大"字的,为了证明这一个字加得绝无夸大之嫌,我来摘引他的一篇日记,此日记写于庚子年三月十六日。庚子年是1900年,那一年他十五岁。

"晨坐船出东郭门,挽纤行十里,至绕门山,今称东湖,为陶心云先生所创修,堤计长二百丈,皆植千叶桃垂柳及女贞子各树,游人颇多。又三十里至富盛埠,乘兜桥过市行三里许,越岭,约千余级。山中映山红牛郎花甚多,又有蕉藤数株,着花蔚蓝色,状如豆花,结实即刀豆也,可入药。路皆竹林,竹萌之出土者粗于碗口而长仅二三寸,颇为可观。忽闻有声如鸡鸣,阁阁然,山谷皆响,问之轿夫,云系雉鸡叫也。又二里许过一溪,阔数丈,水没及骭,异者乱流而渡,水中圆石颗颗,大如鹅卵,整洁可喜。行一二里至墓所,松柏夹道,颇称闳壮。方祭时,小雨簌簌落衣袂间,幸即晴霁。下山午餐,下午开船。将进城门,忽天色如墨,雷电并作,大雨倾注,至家不息。"

这个十五岁的少年随手写下的日记真有柳宗元的神韵!可散文家在五十一岁时提起它来颇为漫不经心:"旧事重提,本来没有多大意思,这里只是举个例子,说明我春游的观念而已。"一个人十五岁时的闲笔就已经如此老成,如此了得,成年以后做了教授、做了散文家的文章就不必我再多置一言。当年郑振铎先生曾把他推崇为五四以来中国文学"颠扑不破的巨石重镇",如果没有了他"新文学史上便要黯然失光"(《郑振铎文集》第3卷,第181页)。

第三位,诗人,男,生于1956年,死于1993年。诗人是世界上最容易接近的,因为他给我们留下了他的诗:"没有目的/在蓝天中荡漾/让阳光的瀑布/洗黑我的皮肤/也许/我是被妈妈宠坏的孩子/我任性/我希望/每一个时刻/都像彩色蜡笔那样美丽/我希望/能在心爱的白纸上画画/画出笨拙的自由/画下一个永远不会/流泪的眼睛/一片天空"。再抄几句:"一瞬间——/崩塌停止了/江边高垒着巨人的头颅/戴孝的帆船/缓缓走过/展开了暗黄的尸布"。好了，已经很多了。篇幅所限，我不能再抄下去。对这位诗人有人评价说他是"令传统黯然失色的崛起的一代诗人中最年轻的一位"。我想，对于诗人，有这样一句评价就足够了。其他的，都是多余。这位六岁能诗的神童曾被人看作是"追求童话的诗人"和"拒绝成长的孩子"。

在做了这一番文抄公之后，我不能不亮出谜底了。我们现在来看看上述诸公的另一种行为和名气——

哲学家，海德格尔，在二战期间，当弗赖堡大学校长以辞职来反对纳粹的政策时，海德格尔公然以选举继任校长。他加入了纳粹党，每月按时交纳党费，并且直接参与了对犹太教授的迫害。战后，他曾被判处停止任教，禁止公开教学五年。从二战结束，一直到海德格尔去世，他对自己参与纳粹的行为从未做过公开的忏悔(见《读书》1996 年 1 期，康正果著，《哲人之间的是非和私情》)。从此，这位以深刻思考全人类"存在"的合理性的大哲学家，不得不面对全人类的质问：你自己存在的合理性和道德的依据是什么？ 如果最伟大最深刻的思想可以和最丑恶最残忍的行为并行不悖，那这个世界上我们还有什么坏事可以不做？

散文家，周作人，在日本侵略中国期间做了汉奸，在中国人浴血抗战的时刻，他却出任汉奸政府的"华北政务委员会教育总署督办"。抗战胜利后被国民政府判处有期徒刑十年。从此，这位

44

从自信从容的极点而上升到了"平和冲淡,恬静闲适"的散文大家,不得不面对所有普通人的怀疑:难道学贯中西的大学问家大雅士,非得要投敌叛国才能"平和冲淡,恬静闲适"么?

诗人,顾城,曾经在农场养过猪,做过搬运工、锯木工、文学编辑。1987年5月应邀出访欧美,1988年赴新西兰讲授中国古典文学,并被聘为奥克兰大学亚语系研究员,后辞职和妻子谢烨一起隐居"威赫克岛"(又译为激流岛。有关顾城的引文和资料,均出自黄黎方编著的《朦胧诗人顾城之死》一书)。1993年10月8日,"当代诗人顾城,怀疑婚姻触礁,在奥克兰市威赫克岛自家门口,用斧头砍死了与自己结婚十年的妻子谢烨,然后在门前的树上上吊自杀"。消息一出,舆论哗然。让读者难以接受的,让朋友难以相信的,让所有的解释都无法自圆其说的,是诗人的杀人,是诗人以如此残忍血腥的手段杀死自己的妻子。我们不得不面对这样的质问:这个世界上如果连诗人都要去杀人,那还有什么人可以不杀人,还有什么人可以不被杀? 其实,在顾城杀人之后,他的"自杀"已经不是自杀,只可看作是"畏罪自杀"。所有自杀所可能达到的生命的追问,精神的历练,情感的尊严,都被杀人之举腐蚀殆尽。尽管有朋友以诗一样的方式把这称作"一次行为艺术",但也还是觉得"无法让人原谅"。不错,是无法原谅。

读者诸君现在怕是要笑话我的愚蠢了——把这么三块大石头放到一口锅里来煮,看你怎么煮得熟? 我自己也觉得把海德格尔、周作人、顾城三个人放在一起,似乎有点驴唇不对马嘴。以我的浅薄和笨拙压根就不配谈这三位各自的本行。但我的出发点不在哲学,不在散文,也不在诗;而是出于这三个名人,这三个精神和思想的杰出者都犯下了不可饶恕的罪行,犯下了如此骇人的罪行。这种事情不只在它的可怕,更在它的难以解释,更在它的令人尴尬。按惯例,我们都被劝告最好把学问和人分开,把艺术和人分开。可我们又都知道,无论怎样分开,也无法填满我们心里那道遗憾的鸿沟。在这种遗憾的背后,在他们共同的行为背后,我一再看到的是一种被我名之为精神撒娇者的病症。还有一点叫我难以启齿的,就是眼下这三位精神撒娇者都和我一样,都是男人。因此,所有对于他们的剖析,也都让我觉得难免和自己有关。我只能勉力为之,看能不能把它说清楚。

海德格尔可以看作是进攻型的精神撒娇者。我已经说过了,对海德格尔的哲学我不配发言。对此,德里达说得很清楚,"如果这些人对海德格尔知之甚少,他们就没有资格谈论'海德格尔的本体论',或'海德格尔的哲学'"。德里达对海德格尔知之甚多,他为此而专门写过一本书:《精神,海德格尔与问题》。德里达并没有像大家惯常所做的那样,把人和学问分开,而是一针见血地指出了"从历史中一直延续而来的纳粹主义",指出了纳粹主义在海德格尔思想中的中心地位,指出了"纳粹主义与欧洲的其余部分,与其他哲学家,与其他政治的宗教的语言"不可分割的内在联系(见《一种疯狂守护着思想》中"海德格尔,哲学家的地狱"一章)。但是,德里达谈的是哲学,他并没有能告诉我们上面那位目击者所看到的海德格尔,那个参加了纳粹行为的海德格尔,那个照样挥舞着讲稿为"真理"而咆哮的"思想帝国的无冕之王"。目击者萧瑟先生说那个海德格尔"更像一位普鲁士的将军"。有了这位目击者的描述,我相信,海德格尔的战后沉默和"不忏悔",更是拒绝忏悔。想想吧,一个照旧以为是真理的宣喻者,一个内心身居"王位"的思想者,一个俯瞰本世纪所有人的"孤独者",他怎么会忏悔呢? 你倒叫他向哪一个平庸者忏悔呢? 我们这些普通大众可配听他的"忏悔"么? 我们有能够听得懂的智力吗? 可是和海德格尔先生的纳粹行为一比较,我们就能看明白,他老先生在"真理"的秋千上荡得实在是太高了。他就像一个挂在秋千上拒绝回家吃午饭的孩子。在他那一套"真理"的思维和行为方式毁灭了欧洲也几乎毁灭了人类以后,他照样"在纤绳上荡悠悠",这不是活活的撒娇又是什么? 尽管海德格尔在晚年已经又完成了他从"存在"向"大道"的哲学转向,走进了"说不可说之神秘"的超拔境界,但这超凡越俗的哲学境界的获得,并没有使他在宣喻真理的时候,放弃自己的"普鲁士将军"风格。海德格尔为什么不站在奥斯维辛的铁丝网前面,去宣喻他那份至高无上的"哲学"呢? 如果一个"低贱"的犹太人听不懂,一群"低贱"的犹太人也听不懂,那么四百万犹太亡灵加在一起总能听懂他一两句深奥的

"真理"吧？我们没有理由要求每一个德意志人对战争进行忏悔，但是我们有理由听一听德国哲学的反省，我们有理由听一听德国灵魂深刻的忏悔之声。可惜，这不是海德格尔这样的精神撒娇者所能做到的。海德格尔"不能容忍哲学研究上的任何无知、浅薄、怠惰或谬误。他对此深恶痛绝，毫不留情"；但是，他对于向整个人类犯罪却先是参加纵容，后又无动于衷。两相对照，你立刻就可以看到一个精神撒娇者的虚伪和丑陋。

　　我把周作人姑且算作是自信型的精神撒娇者。如果说对海德格尔的纳粹行为，我们即便是反感，也大多出于理性和思想的判断，因为潜意识中总觉得他到底是个"外人"，可周作人的"附逆"，却叫中国的读书人"欲说还休"，真正的"才下眉头又上心头"，真正是在满桌的佳肴上看见一只死苍蝇。前面提到的那篇郑振铎先生的文章题目就叫《惜周作人》，开篇第一句就是"在抗战的整整十四个年头里，中国文艺界最大的损失是周作人附逆"，文章的末尾又全都是惊叹号："他实在太可惜了！我们对他的附逆，觉得格外痛心，比见了任何人的堕落还要痛心！我们觉得，即在今日，我们不单悼惜他，还应该爱惜他！"之所以悼惜、爱惜、痛心再三，那是因为"五四以来的中国文学有什么成就，无疑的，我们应该说，鲁迅先生和他是两个颠扑不破的巨石重镇；没有了他们，新文学史上便要黯然无光"。可是，眼前的事实是，两个巨石重镇就有一个投降了侵略者，当了汉奸。在中国这个最讲究人品和文品和谐统一的国度里,大家眼睁睁地看着一位最有学识最儒雅最淡远恬静的散文家,却干出了最下作最无耻的勾当。而这些"勾当"当初都曾经在他的如花妙笔之下,被三言两语地揶揄过,旁征博引地剖析过。比如他的《责任》,他的《谈文》,他的《吃烈士》,他的《我们的敌人》就都可归入这类文章。在中国新文化运动风雨交加的进程中,周作人以"人的文学"起步,以"平和冲淡,恬静闲适"自居。其实,苦茶庵主人,苦雨斋知堂先生,是以他的学贯中西而自信,是以他比别人更看透了世界而自傲的。看看下面这副悼念死难学生的对联:"赤化赤化,有些学界名流和新闻记者还在那里诬陷。白死白死,所谓革命政府与帝国主义原是一样东西。"(《泽泻集》:《关于三月十八日的死者》。有关周作人的引文均出自其《苦茶随笔》《苦竹杂记》《风雨谈》等作品集)

请看,请愿学生、学界名流、新闻记者、革命政府、帝国主义,尽在周先生的笔下得到了应该得到的提醒、讽刺和抨击。对照一下鲁迅先生刻骨铭心的《记念刘和珍君》,你立刻就能体会到周作人那一份保持距离、节省感情的超然和自信。如果仔细看过了周作人在九一八事变之后所写的《弃文就武》《岳飞与秦桧》《关于英雄崇拜》这一类文章之后,你就会明白,他早就对战争形势、历史是非、道德人格这些问题有了非常透彻的见解,他对这些见解也照样是从容而自信的。他后来的选择正是这些见解的自然结果,而并非别人的逼迫。他从心里根本就看不起那些惶惶而逃的文友。郑振铎来劝他与大家一起走,他开口说的就是《弃文就武》里的见解:"和日本作战是不可能的。人家有海军。没有打,人家已经登岸来了。我们的门户是洞开的,如何能够抵抗人家?"不能打,又不肯走,那留下来做什么呢?他早就想透了,他早已经把道德意义上的岳飞和秦桧用"历史事实"做了颠倒。他的附逆是一种世人皆愚我独智的自信至极的选择。那个虚惊一场的假刺杀,不过是粗鲁的日本军人打乱了周先生的从容。既然金人占领过这块土地,蒙古人占领过这块土地,满人占领过这块土地,现在,它为什么就不能被有海军的日本人占领一次呢?搅这种历史的浑水做什么?为这种无聊的事情"舍生取义",岂不是"白死白死"?岂不是傻瓜才干的事情?和海德格尔一样,抗战结束后,这位最会写文章的散文大家,对自己的"失算"和附逆不置一词,一直到死也没有说一句忏悔的话。有人说这叫作"一说便俗"。自信而至此,真像一个捏了一张花糖纸的孲童,你就是说出天来我也不会松手承认那是空纸一张。只可惜这一次撒娇的不是孲童,是一个过了天命之年的老头子,是一个学贯中西"恬静闲适"的教授和散文大家。一个白发苍苍者的撒娇是很不好看的。幸亏我们还有为抗战而死的郁达夫。幸亏我们还有另外一位也是学贯中西,却至死不移其志的陈寅恪。不然的话,我们这些新文化运动的后来者,可怎么才能洗清这文化餐桌上的汉奸气?

顾城可以说是典型的自恋型精神撒娇者,更准确一点说,在

50

自恋前边还应该加上自私或是极端自私。顾城极有天赋,这天赋在他那儿先是变成了诗,渐渐地,膨胀成一种自我神话。看了我在上边提到的那本书,你能明显地闻到在顾城周围,在他那个小圈子里弥漫着的天才崇拜的味道。他做什么都应当被人理解为是奇特的,他做什么都应当被理解为是诗歌的延续。以至于他装神弄鬼也必须被理解成是真诚到了极端才会如此。至于什么是天才,什么是装疯,什么是真诚,什么是虚伪,我们不忙下结论,我们还是看看所能看到的事实。顾城当初为了追求谢烨,曾经弄了一只木头箱子睡在谢家门前,直到感动了"上帝"——谢家的父母。他成功了。妻子从此跟着他浪迹天涯,他要出国就出国,他要"隐居"就"隐居"。结了婚自然会有孩子,可顾城并不想当父亲,"儿子出世后,一度我们夫妻关系很紧张,最可笑的是顾城也像个孩子需要人照顾,他认为儿子抢走了我对他的爱。我们之间为这个孩子产生了不少摩擦。后来他企图自绝。在他和孩子之间,我必须做出选择,只好把孩子寄养在别人家,他心情也慢慢好转"(《朦胧诗人顾城之死》,第118页)。顾城可以不要儿子,但是不能不要情人。在他有了情人英儿之后,解决的方式是由妻子谢烨出面办理一切麻烦的出国手续,把情人接到隐居的威赫克岛上,然后再叫妻子"让贤",由着两位痴男恋女在岛上翻云覆雨。但是妻子只许让贤不许离开,情人只许"尽情"不许"扶正","他渴望爱慕他的两个女子也相互爱慕"。这种态度倒是和海德格尔不谋而合。其实这种态度并无天才之处,它和天下无数庸夫俗子的贪婪也都不谋而合。可惜,英儿不打算就这样把自己的一生献给诗人。一年半以后,"她是跟一个教气功的洋老头一起失踪的"。于是,感情和自尊大大受挫的诗人,决定把这一切写成一本可以传世的书,书名就叫《英儿》。这种做法也无天才之处,大部分以文为生的男女,有了这种经历都是先下手为强,以先入为主夺取"话语权"。这本书的写作还是又回到了老方式当中:顾城口述,谢烨打字。所有的情爱和性交场面一一诗意化地重现、重温于"自传式纪实小说"之内。顾城自己说"主要是想反映一些又能解释又无法解释的事情"。有别人评论说,"这部小说主要写了主人公顾城与他的情人英儿及妻子雷在太平洋一个岛上的生活冲突与情爱冲突。书中的顾城不想建功立业,不想为夫为父。他渴望爱慕他的两个女子也相互爱慕。生活中的顾城就是这样用文字构筑他的理想王国"。当有人在电话里问及谢烨,她为什么能在这种事情里付出如此的牺牲和献身的时候,谢烨回答说:"我相信不管顾城与哪个女人好,他都离不开我。他的生活能力很低,依赖我简直到了令人无法相信的地步。"——真是天可怜见!一个被诗人狂热追求的恋人,竟然沦落到了要靠被人"依赖"才能存在。太阳底下老掉牙的故事,上演了一遍又一遍。可怜的是,总有人认为自己才是最好的主角。最后,这个理想王国里的第二个女人也终于要出走了——谢烨终于有了自己另外的恋人,他们已经开始商量离婚的种种事宜。自尊和情感都输光了的顾城惶惶不可终日。他已经没有能力，也没有勇气再写一本落套的《谢烨》了。于是，就有了最后的最后：这个"理想王国"最后在诗人的斧头下变成一片尸体的瓦砾。一个以先锋而傲世的诗人，死亡的方式和味道竟是如此的肮脏陈腐。

我真心地希望大家都去看看那本《朦胧诗人顾城之死》，看后大家就可以评判一下，我是不是因为反感而产生了偏见。

顾城在他最后的时间里经常谈到死。死已经成为他生活的一部分。这倒也并没有什么特别之处——死，从来就是哲学和艺术的命题；死，也从来就是人所必须面对的命运。让我难以相信的是顾城在考虑怎样利用他的死，他希望用诗人之死来引起世界对《英儿》的关注，他希望用死来为自己做一次世界性的"聚焦"，换句话说，他盼望着用死来为自己做一次广告。

"他一直想的是自杀，但是从来没有想伤谢烨。"

"是这样。"（肯定语气）

"本来他就这样说他那本书完了以后说好就要自杀，本来就说这样就可以把这本书哄起来……"

可是他杀了谢烨。顾城是先杀了谢烨然后再杀了自己的。目击者是他的姐姐。

看到这里，我的眼前一片漆黑。真的是一片绝望的漆黑。——连杀人和自杀也要拿来按照广告方式操作了，这精神撒娇真真是撒到头了。

"黑夜给了我黑色的眼睛,我却用它寻找光明。"

这双黑色的眼睛感动过多少人呀!可如今连这双眼睛里所唯一看见的也不过是自己世俗的名声。这双寻找光明的眼睛,现在只希望看见自己死后的光荣。他在盼着"这本书哄起来"。帝王修了陵墓希望不朽。诗人写了一本书也希望不朽。大家对于不朽的贪心和迷信原来是一样的。有了这么一双前后不一的眼睛,有了这残忍的一斧,我不得不质疑顾城到底有多少真诚,他的去国离乡是一种精神流浪、自我流放的内在需要,还是一种昆德拉所说的"媚俗"?或者根本就是一种唯恐赶不上时髦?把国家国土的界线也当成精神的界线,这是一种误会,是一种无知,还是一种潜意识的自我取消、自我殖民化?一个自称"我跟世界有强烈冲突"的隐居者,一次又一次地去欧洲、去美国、去大学、见记者是什么意思?一个隐居者"哄起来"要干什么?一个要当鲁滨孙、要当陶渊明式的自食其力的人,怎么又事事处处像个孩子一样需要人照顾?"没有谢烨,写信都找不到纸笔",当初养猪、搬运、锯木头的时候并没有谢烨来照顾,不是照样长大成人了,而且成了诗人?是不会?是不做?还是装出一副儿童的面孔?这一切是不是都像他头上那顶永远不摘的裤腿式的帽子,原不过是为了显示自己的与众不同,原不过是一个"名牌"所需要的商标?自己所不想承担的就推给别人。自己想得到的就是死了也要一起带走,就是死了也一定要占有。一个 20 世纪 90 年代的天才,怎么竟然还是放不下奴隶时代的殉葬行为? 和前两位比起来,这第三位精神撒娇者只能说是更下作。

当然,我们还有一个理由,也是最后的理由可以为顾城开脱,就是说他精神崩溃了,他疯了。疯子是可以不为自己的行为负责的,这样我们就可以又保护了天才,又谴责了犯罪。这样我们就可以又赞美诗人,又赞美无辜的生命奉献。当我们这样做的时候,我们有勇气面对那个付出了全部的爱,付出了全部的牺牲,最后也付出了生命的女人吗? 当我们大言不惭地说诗人顾城以生命宣布了这个世界的荒谬的时候,我们敢说那个叫谢烨的女人也同意我们的诗句吗? 我们心里明白,为这个荒谬的世界而自杀的艺术家太多太多,可只有我们这一位是先杀别人再杀自己的。我们再来做一个假设,如果这个事件中的位置做一下颠倒,如果是女人杀了男人,如果是女诗人谢烨以自己的行为艺术宣布了这个世界的荒谬,我们可还愿意把这么多的赞美和托词给予这个女人吗? 恐怕我们早已经抑制不住满脸的义愤和悲哀了——我们这些可怜而又可鄙的男人!

这样说顾城,这样毫不留情地批评顾城,这样赤裸裸地把一个同时代人,把一个曾经的"知心者""代言人"放在精神撒娇者的病床上解剖,我不能不感到深深的艰难和困惑,不能不感到深深的惭愧和羞耻。这惭愧和羞耻不是为顾城而是为自己。在对别人的剖析中我也清楚地看见自己精神年轮上，一片又一片相同的黑斑。其实，我们这些搞文学搞艺术的常常会在老路上情不自禁地撒起娇来。比如那动不动就被呼唤来呼唤去的"史诗"，比如动不动就要讴歌起来的"土地""人民"，比如颠过来倒过去都打算先锋的"先锋"，等等，等等，一句话，我们总是希望有个一劳永逸的依靠，我们总是觉得无论什么沉疴重病，都可以被一剂"诗意化"的良药彻底治疗。或者像韩少功说的那样，我们总是渴望"主导性人物，主导性情节，主导性情绪一手遮天独霸了作者和读者的视野"。如此这般也大体都是精神撒娇症的种种表现。我的所谓"病例分析"不过是一个借来好讲话的由头。（我何德何能居然也妄想来开一间"精神诊所"吗?）它或者也可以变成另外一个更为流行的话题:病态知识分子角色分析。其实，在欧美的后现代主义思潮中，知识分子早已经是一个过时的名词，而且是一个过时的贬义词。在有了这么多的丑陋的撒娇的知识分子以后，在理性至上的支柱在知识的殿堂里倒塌之后，在福柯指出了知识的权力特质以后，已经没有人再愿意以知识分子自居，以知识分子为荣了。福柯说:"我觉得知识分子这个词很怪。就我个人而言，可以说是从来就没有遇到过任何知识分子……从他们的言谈中，我总算对那是个什么东西有点印象了。这并不困难——他是相当人格化的。他对差不多任何事情都怀有负罪感:无论是说话，保持沉默，什么也不做，或者什么都做……简言之，知识分子是判决、课刑、谴责、放逐的原料。我并不觉得知识分子谈得太多,因为对我来说他们根本不存在。但是我确实发现谈论知识分子的倒是越来越多,我对此深感不安。"福柯虽然这样说了,可我们又明白,在他们那儿不大再有知识分子这回事的时候,在我们这儿,传统意义上的知识分子所要完成的历史责任还远远地没有完成。这可真是一件两难的事情。也许德里达也感到了类似的两难,所以他才争辩说"我正尝试把解构定义为一种肯定性的思考"。我们必须割断秋千上那根用来撒娇的绳索,可我们又必须用这架子支起自己的历史重负。在没有了那个"至高无上"的权力和奖赏之后,也就一切全都只能依靠自己了。当"上帝救自救者"这句话再次在耳畔响起的时候,我们心里应该明白,上帝早已经缺席,我们听到的只是自己的回声。歧途漫漫,没有谁来为我们指路;我们只有依靠自己的沉着和冷静了。我们沉着是因为我们根本就没有退路。我们冷静是因为我们已经把理想的火把远远地留在了身后。因为那火把太多次地烫伤过我们的眼睛。一切只有好自为之。一切也只能好自为之。别再糊涂,也别再撒娇了,走吧。

1997 年 11 月 27 日于太原

留下的,留不下的

　　十年前,我曾跟随一支考古队在晋北的荒原上发掘古墓。那是一次规模极大的发掘。随着一个现代化的大型露天煤矿的建设,古墓发掘工作持续了两三年,总共发掘整理了一千三百多座汉朝古墓。在这场空前的发掘中,出土了不计其数的古代文物。两千多年前的陶器、漆器、青铜器、印章、铜镜、弓弩、刀剑,堆满了一间又一间屋子。根据古籍记载,从战国时期的赵武灵王二十年(公元前306年)开始,这里就是烽火不断的古战场。随着钢筋和水泥在机器的轰鸣中拔地而起,两千年前的鳞鳞尸骨,白森森地抛撒遍地,在车轮的碾轧中和人们的脚下噼啪作响。塞北的寒风裹着漫天的黄沙呼啸而去,陌生的太阳无动于衷地看着这些白骨沉沉西下。两千多年前当他们呱呱坠地和后来入土而葬的时候,在天上看着他们的也还是这颗无动于衷的太阳。没有人知道他们是谁,没有人知道他们的名字,没有人知道他们的故事,没有人知道谁是父母和孩子,没有人知道他们的痛苦和欢乐。留下来的只有一些沾满了泥土的文物,和人们根据这些文物所做出来的年代判断,考古学家们终于在一块漆器的残片上找到一行文字"元延元年十月作",凭着这个汉成帝的年号,他们推算出这是公元前12年。

从那以后的许多年里,在夕阳和黄沙里遍地抛撒的鳞鳞白骨,总在心头徘徊不去;那留下来的一切,是那样分明而冷漠地在提醒着留不下来的生命的悲哀。冰冷的时间之河把那么多的生命沉在水底,茫茫而去。站在这河边,与两千年前的死亡直面相对,你会深透骨髓地体悟到生命对于死亡和时间无可抗拒的屈从,你更会深透骨髓地体悟到这屈从所带来的没顶的悲凉。

考古学家们在那一千三百多座汉墓里,发现了两具紧紧搂抱在一起的尸骨,经过鉴定,确认这是一对成年男女。这两具尸骨诱发出人们无数的奇想:他们为什么不像别人一样仰身直肢地躺着,而是这样侧身屈肢地搂抱在一起呢? 他们是夫妻,还是情人? 他们是死后被葬在这里的,还是埋在这里才死去的? 埋在这里的是惊天动地的爱情,还是刻骨铭心的仇恨? 或许什么都不是,只是一个像我们在楼房里时常看到的,无聊而又无奈的玩笑? 20世纪的考古学家们手里拿着各种现代化的仪器,做着种种费心的猜想,徒劳地打算把眼前这些白骨变成一个有血有肉的故事。后来,纯粹是出于好奇,他们用石膏把这两具尸骨固定好,然后原封不动地装进一个带玻璃罩的木箱。驱使他们这样去做的理由只有一个,那就是对一个故事的渴望,对一个两千年前的古老故事的种种神秘难测的猜想。最后,他们把这个带玻璃罩的木箱放进了展览馆,他们希望能引起更多人无穷无尽的猜测和记忆。或许有一天,在许多许多年以后,在千百万人当中,会真的遇到一个千载难逢的机缘,这个故事会在回忆和想象之中丰满起来,会有血有肉,会曲折万端,会引出许多带着体温的眼泪和感叹。

造化给了每个人生的同时,也给了每个人死的结局。能够连接生和死的,能够在滔滔忘川之水上架起渡桥的,只有这刻骨铭心萦怀不去的回想和记忆。

于是,汉朝的古人慨然叹惜说:"生年不满百,常怀千岁忧。"

于是,我们知道了一个这样的老兵:"十五从军征,八十始得归。道逢乡里人,家中有阿谁?"

于是,我们知道了一对"相去万余里,各在天一涯"的夫妻。

于是,我们知道了一位"一弹再三叹,慷慨有余哀"的歌者。

于是,我们就知道了刘兰芝和焦仲卿千古不灭、催人泪下的故事。

于是,那条滚滚不停汇聚了无数死亡的时间之河里,就激荡起千年不止的关于生命的回想的浪花。

在对生命记忆千百年的书写中,书写者们高举着自己的生命之灯,穿过一座又一座形式的大门。在对表达形式不懈地追求和考问中,他们终于明白那原本是对生命自身的追求和考问。于是,唐朝人不再重复汉朝人的诗句;宋朝人不再重复唐朝人的诗句;而清朝的曹雪芹终于放下了诗而拿起了小说。现在,当我们把李白和曹雪芹,把雨果和巴尔扎克,甚至把萨特和加缪,全都放在了"过时"的椅子上的时候,我们应当明白,自己也正在一秒钟一秒钟地过时;那个每天下午西沉的太阳,都是一颗"过时"的星星。那个从深深的生命的旋涡中,从对生命深深的焦虑和忧思中产生出来的书写形式,与所有的哗众取宠和争强好胜无关;任何一丝杂质的加入,都是对生命本身的亵渎。当我们点燃了那盏生命之灯,照亮了形式的大门的时候,同时也照亮了你自己,真诚者的面容和投机者的嘴脸将会判然不同。

有一次,我走进了华盛顿的国会图书馆,管理人员告诉我,虽然目前没有经过确切的统计和调查,但是他们还是确信这里是全世界最大的图书馆,或者起码也是最大的之一。我跟着他们一层楼梯一层楼梯地转下去,在经过了许多道密封的大门之后,终于走进了那个庞大无比的书库。然后他们带着我在遮天蔽日的书架中转来转去,他们指着那些密密麻麻的书脊对我说,这是宋代的,这是明代的,这是清代的,这是近代的,这是当代的,这些是刚刚出版的书籍和期刊。然后他们说,这还仅仅是中文部的一部分,这个图书馆有全世界各个语种的图书,有许多像这样大和比这还要大的书库。听他们这样介绍着,我从那无边无际莽莽苍苍的崇山峻岭中收回视线，不由得头晕目眩，一种深深的失落和茫然顿时涌上心头：

你何必非得再写出几本书来放进去呢？真的有这个必要吗？真的不是你自己的矫情蒙蔽了你的眼睛？是你在一厢情愿地自己跟自己撒娇吗？面对着这个说得太多的人类，你为什么不闭上自己的嘴呢？

庄子的话越过崇山峻岭从遥远的云端传来——"天地有大美而不言"。

可庄子毕竟还是说了。当庄子端详庄严地缄口不言的时候，他把一只翼若垂云的大鹏放飞到天上，把一个混沌的宇宙放进了敞开的胸怀。

今天的人类早已经凭借着现代科技凿开了混沌的宇宙，起码也是自以为凿开了混沌的宇宙。当我们把无数的公路、铁路，把无数的飞机、汽车，把无数的城市、楼房堆满在地球上的时候；当我们把无数的战争和罪恶，无数的奋斗和光荣，在这颗拥挤的星球上不厌其烦地演来演去的时候；我们也把越来越多的记录这一切的书籍放进了图书馆。随着电子技术的出现，人类的记忆空间已经扩展到近乎宇宙般的无限。

眼前这座书籍堆积起来的山脉，莽莽无涯，有幸能够站到这崇山峻岭当中来的每一本书，既是来到了自己的家园，也是来到了自己的墓地。那密密麻麻的书脊就仿佛一块块的墓碑。随着时间的推移,抚摸它们的手会越来越少,打量它们的目光会越来越远。所有关于永恒的念头都将变得可笑而又可怜。

不由得,那些在黄沙和夕阳中抛撒遍地的白骨,再一次涌上心头。

当死亡和对死亡的自觉划破了永恒的幻想的时候,生命之火的灼烤是那样的分明而又疼痛。

当疼痛袭来的那一刻,我忽然渴望一张桌子,渴望一支笔,渴望面对着一张白纸倾诉自己。不是为了永恒,不是为了金钱,不是为了庄子和萨特,不是为了曹雪芹和加缪,也不是为了观众和掌声,只是为了那灼人的渴望,只是为了自己,只是为了那拂之不去的记忆。

幸亏造化在给了我们死亡的同时,也给了我们回忆的智慧和力量。由此,逝去的生命在堕入永远黑暗冰冷的寂灭时,也有机会获得动人的喧哗。每一秒钟留不住的生命,却也都会留下每一秒钟生命的记忆。如果你有足够敏锐的感觉和才能,如果你有充沛的想象,如果你能锲而不舍地在记忆的莽林和沼泽中跋涉,那么,终有一天,你会有幸获得一个感人至深的故事,你会有幸在一行诗里,在一瞬间,与人共度岁月千年。

1994 年 3 月 22 日傍晚于新居

用方块字深刻地表达自己

"伟大的中国小说"——这是一个建设性和挑战性兼而有之的话题。

它的建设性是要树立起文学坚定的自信心,而这个"伟大的中国小说"的自信心,既是对每个写作者自我能力的挑战,也是对全球化主流话语的挑战。我并不完全同意哈金先生对"伟大的中国小说"的定义,但是,我敬佩他在这个问题上对于文学的诚恳和近乎浪漫的信念。

当然,如果从不同的角度来解释一下"伟大"、"中国"和"小说",这个原来的大问题似乎立即就可以被"解构"掉,可以被拆得七零八碎扔进莫须有之乡。我们从《今天》春季号有关此问题的第一次讨论当中,就已经可以看到端倪。残雪的批评"民族经验"和"写实",强调精神的"内省、自我批判""彻底的个人化";韩少功的指出中国小说和欧洲小说文化传统之不同;黄灿然的描述

"文学这棵树""枝、叶、干、根缺一不可",都从某种角度上消解了"伟大的中国小说"这个命题的统一性、合理性。

既然有些问题很容易被"解构"、被拆碎,那么,我们是不是可以从不能解构的地方开始呢?比如,不管我们从怎样不同的角度理解诗歌和小说,不管我们的文学观有着怎样截然相反的天壤之别,不管是全盘西化还是坚守自己的文化传统,或者还有什么"前现代""后现代"等等更为复杂的差异和不同,但是,有一点是相同的:我们都在用方块字表达自己。这很重要。这极其重要。这非常非常重要。因为这是我们区别于他人的最根本、最核心,也最不能解构的特点。在这个日益全球化也日益统一化的世界上,这几乎成为我们区别于他人的、最后也是最难以被同化的特点。因为你用方块字写作,因为你用方块字表达自己,你才可以在世界文学的版图上被称作"中国文学""中国诗歌""中国小说",你才可以最终确立你之所以是你自己。不管你身居何处,不管你年轻还是衰老,不管你有怎样的意识形态、政治立场,不管你有怎样的文化偏好,也不管你有怎样奇特不同的审美取向,使用方块字将成为你不可摆脱的最终限定,成为你最后的身份标识。在这里,"中国"二字,或许可以改为更为宽泛更具包容性的"华语"。但是使用方块字写作这个根本的核心没有改变。你完全可以选择其他的语言文字写作,并因此而更容易地"与世界接轨",成为当今世界"主流文化"的一部分。但你也因此而成为华语写作之外的他人。

所以，对我来说，"伟大的中国小说"这个问题，就理所当然地变成了"用方块字深刻地表达自己"。

既然使用方块字，那么和方块字相始终也根本无法拆开的文化传统，也就必然成为你写作的一部分。既然用方块字写作，你也就必然要被纠缠进一个多世纪以来的白话文运动。既然用方块字写作，你就必然要面临"白话以后怎样"的历史性的煎熬和追问。不管你是企图切断历史，挣脱现实，完成不食人间烟火的形而上的精神羽化的神性飞升；还是脚踏土地，直面现实，把自我完全熔铸于现实主义的"大地"；不管你是宏大叙事，还是彻底个人化的写作；你都必须依靠方块字，你都无法躲避方块字所带给你的可能的文化高度，和所有的历史陷阱。

我想用自己曾经说过的一段话作为这篇短文的结束——我所说的语言自觉，我所说的建立现代汉语的主体性，绝不是要重建方块字的万里长城，然后把自己囚禁其中。我所渴望的是：用方块字深刻地表达自己。我相信：中国的当代文学最终将证明，现代汉语不是因为全盘西化才保留下来的，而恰恰是因为现代汉语保持了鲜明的特性，而没有被别人完全同化，恰恰是因为现代汉语对世界做出了独特的贡献。不错，在所谓全球化的历史过程中，别人的历史曾经血腥、剧烈地发生在我们身上，极大地改变了我们。可如今，我们的历史也正理所当然地改变着全球化，也正理所当然地成为世界历史中最丰富最深刻的一部分。这个过程必然需要语言的自觉,这个过程必然期待着现代汉语主体性的建立。

从这个意义上,再回到我们现在的论题,那么我所说的这个过程,也可以理解为是"伟大的中国小说""伟大的中国诗歌"产生的过程。

2005 年 4 月 16 日写于草莽屋,17 日改定

本文应《今天》杂志之邀,为参加哈金先生提出的关于"伟大的中国小说"论题而写。

是一种安慰

　　经典从来都是对过去的总结,而创作却是永远向前的。这是个永恒的悖论。可是,如果没有了过去,没有了那些曾经的经典作为标志物,作为里程碑,你就无法判断自己是向前,还是向后。这是个不言而喻的道理。

　　所谓"前不见古人,后不见来者"的浩叹,正是发自目的物彻底丧失的无助、孤独、彷徨、幻灭和绝望。落在一片黑沉沉的夜空里,困在一片无际无边的大漠中,寸草不生,飞鸟绝迹,人鬼无踪,你就只好也只能"独怆然而涕下"。事情就是这样的非人所料。一千多年前,那个叫陈子昂的唐朝人在无助、孤独、彷徨的一刻流下的两行热泪,却成为一个永恒的经典,成为一座可以让后来人永远参照的里程碑。人生苦短,生命之树不会常青,所以才有无助、才有幻灭、才有孤独、才有绝望、才有永远无法弥补的遗憾;所以才有两行热泪落在浩瀚的宇宙洪荒里,灭迹在无始无终、无可测度的时间的浪涛中。所有满心欲望,浑身浪漫,相信生命之树常青的歌者,都是假诗人,因为他们太轻易地获得了参照物。所有把"母亲""大地"放在诗意化的泥淖里打滚的叙述者,都是难以救药的精神撒娇者,因为他们太过依赖自恋的温吞水。

在以公元纪年的最初年代,圣徒保罗曾经写信给哥林多的信徒们:"弟兄们,我告诉你们说,血肉之体不能承受上帝的国。必朽坏的,不能承受不朽坏的。"在保罗看来要想在这生命的死角里得救,只有信上帝,因为只有上帝会让"死人要复活成为不朽坏的"。为此圣徒保罗忘我地断言:"若没有死人复活的事,基督也就没有复活了。若基督没有复活,我们所传的便是枉然,你们所信的也是枉然。"

在基督诞生前五六百年,有个叫老子的人发问道:"天地尚不能久,而况于人乎?"在他那部传之久远的五千言《道德经》里,老子述大道,问天地,勘生死,以近乎冷漠决然的口气叙述出铁一样的事实,"天地不仁,以万物为刍狗;圣人不仁,以百姓为刍狗"。

《圣经》和《道德经》是两部伟大的经典,是两部远远超出了文学的伟大经典,两千多年来,他们所追问、所苦恼的问题依然还存在,对早已经现代化甚至已经后现代化的我们来说,生和死还是无法逾越的大限,在这个被限定的大限之间,也还是人生苦短。

在茫茫天地之间,只要有什么可以被称作生命,无论他是人,是动物,是昆虫,是植物,哪怕是细菌、病毒那样的微生物,只要有生的存在，就首先已经必然是要死的，所有的生命都是在死亡契约上诞生的，或者说，生和死原本就是同一件事情。

人的难题，不在不明白事实，而在明白事实之后，一次又一次地"独怆然而涕下"，一次又一次地"满纸荒唐言，一把辛酸泪"。

无论是在幽州台上极目远望感极而悲，还是在一滴晶莹的晨露中顿悟了生死，都不是确信了生命之树常青，而是感知了生命无望的短暂，感知了美好的稍纵即逝。如此，从幻灭和绝望的深处燃烧出一朵无助的烛光，无比清晰地照亮了生命自己短暂、飘忽的影子。如此，才有刻骨铭心的浩叹和挥之不去的热泪。如此，才把生命的感悟留在了过去，留在了永恒的参照之中。正所谓"惚兮恍兮，其中有象。恍兮惚兮，其中有物"。

如此，在大限必至的无情门槛里，我们看到了无数千姿百态、动人心魄的稍纵即逝。我想，那些有幸留下来的参照物，更恰当的称呼不应该是经典，而应该是安慰，是一种柔情似水无微不至的安慰。这安慰本是给予古往今来，所有已经死去的，正在死去的，和将来必定也要死去的芸芸众生。

2010 年 6 月 7 日写于北京新居，10 日改定

辑二　谁看秋月春风

谁看秋月春风

　　如果要举出中国20世纪40年代乡土文学的代表作家,可以说赵树理是一位无法取代的人物。一个出生于太行山区的农家子弟,在辛亥革命以后的社会剧变中,在新文化运动的大潮中,在投身抗日拯救中华民族的奋斗中,竟然在不期然之间闯进历史舞台的中心,成就了一番文学的事业,遭遇了许多个人的悲喜沉浮,成为新中国最负盛名的"农民小说家"。但是,1970年9月23日,赵树理最终还是死于"文化大革命"的批判和迫害。翻阅种种文献和资料,查看赵树理当时的言论和文字,你会看到,这位"人民作家"对自己的作品所谈甚少,大都是几句话一带而过。最让他想不通,说得最痛心的是组织上认为他是反党的,是革命群众说他的书毒害了广大人民。在不断自我否认的煎熬中,赵树理最终还是被自己献身的理想所戕害,一个为大众写作的文学家,最终还是死于大众的革命。其中令人窒息的悲剧性和无尽的反省,早已远远超出文学之外。现在，赵树理先生已经去世三十二年了。时间的河水终可洗尽沉渣，当政治和权力的干预终于被从文学的判断中排除之后，或许我们可以更清楚地看待赵树理的意义和局限。

按照过去流行的定论，提起赵树理总是从他的成名作《小二黑结婚》《李有才板话》开始，因为这两篇作品发表在 1943 年，而毛泽东的《在延安文艺座谈会上的讲话》（下简称《讲话》）是在 1942 年。赵树理从他成名的时候起，就被当作用文艺为工农大众服务的样板，就被当作在《讲话》精神指导下产生的文学成果，其中周扬先生的论点是最有代表性的："'文艺座谈会'以后，艺术各部门都得到了重要的收获，开创了新的局面，赵树理同志的作品是文学创作上的一个重要收获，是毛泽东文艺思想在创作上实践的一个胜利。"（周扬，《论赵树理的创作》，1946 年）对此，赵树理本人也曾有过非常恳切的表述："我那时虽然还没有见过毛主席，可是我觉得毛主席是那么了解我，说出了我心里想要说的话。十几年来，我和爱好文艺的熟人们争论的，但是始终没有得到人们同意的问题，在《讲话》中成了提倡的、合法的东西了。我心里有说不出的高兴。"（董大中，《赵树理年谱》，北岳文艺出版社 1994 年出版，第 234 页）为了完全彻底地为政治服务，赵树理甚至把自己的小说叫作"问题小说"，他说"我写的小说，都是我下乡工作时在工作中所碰到的问题，感到那个问题不解决会妨碍我们工作的进展,应该把它提出来"。

　　作为"解放区文学"最杰出的代表,作为"文艺为工农兵服务"的经典作家,作为"一位具有新颖独创的大众风格的农民艺术家"(周扬,同上),赵树理的文学生涯一直和中国社会政治风云的变幻紧密相连。在那个政治权力大于一切的时代,赵树理经历了走上顶峰和跌进深渊。至今,也还有人一直把赵树理仅仅看作是某种政治的符号,给予简单的肯定和否定。这种简单的政治取舍倒是很容易得到黑白分明的结论,但这样的取舍所忽略的恰恰是文学。比如肖洛霍夫和三岛由纪夫,一个是苏共党员,一个是不惜发动军事政变的极右翼组织"盾会"的队长,这两个人的政治立场可以说是情同水火,如果只用政治标准来取舍,只用意识形态去划分,我们又如何看待他们的文学? 现在,当我们回首 20 世纪中国文学,把赵树理的小说选入这套"世纪文存"的时候,当然要想一想,除去那些简单的政治界定之外,赵树理的文学创作到底和新文化运动以来的文学潮流是一种怎样的关系? 赵树理的小说对于现代汉语写作到底有什么样的贡献和意义?

　　1985 年,赵树理研究专家董大中先生有了一个重大的发现。在经过多年的努力之后,他终于找到了赵树理发表于 1935 年的长篇小说《盘龙峪》的第一章,并把它再次发表在《汾水》杂志 1981 年的第 5 期上,随后李国涛先生在第 11 期《汾水》上,发表了题为《赵树理艺术成熟的标志》的长篇论文。这个发现对于赵树理研究来说,有点类似考古学断代的重新划分。根据董大中先生的考证和分析,《盘龙峪》创作于1934年底前后,全书将近二十万字(全书是否完成目前尚无定论)。现在看到的第一章总共有八千字的内容,分三次发表在《中国文化建设协会山西分会月刊》1935年一卷二至四期上,时间分别是1935年2月、3月、4月的15日,署名"野小"。正如李国涛先生的论证,第一章的发现有力地证明了一个事实:赵树理小说创作的风格成熟于1934年。再次阅读第一章,我甚至觉得它的艺术境界远在赵树理的其他作品之上。在八千字的篇幅里,作者引出十二个农村青年结拜弟兄的事件作为这部长篇的开场,围绕着金兰结义的中心事件,故事发生的地域,当地的风土人情,不同人物的身份性格,一一展现。叙述的从容大气,文字的干净简朴,老到传神的白描,无微不至、生动丰富的乡土气息,纷纷跃然纸上。而赵树理最为突出,也最被人称道的对于农民口语的大量运用,在这八千字的叙述中也已经完全成熟。这个成熟不只表现在人物对话使用生动的口语,更表现在作品的叙述语言本身就是一种民间口语和传统白话文体相结合的创造性运用。和上世纪三四十年代那些充满了翻译腔的主流小说相比,和那些主流小说中矫揉造作的痴男恋女相比,扎根乡土、朴素深沉的《盘龙峪》尤其显得弥足珍贵。只可惜,这部小说散落在当时不起眼的小报和杂志上,根本没有引起人们的注意;更可惜,我们如今只能见到它的第一章。但是这珍贵的第一章,还是让我们看到了一位创作风格已经完全成熟的作家。在此之后,赵树理所有的创作,无论是《小二黑结婚》《李有才板话》,还是《李家庄的变迁》《灵泉洞》,等等,都是以《盘龙峪》为出发点的。更为重要的是,《盘龙峪》的发现证实了赵树理的文学创作,是和新文化运动以来的文学思潮紧密相连的,是白话文运动走向成熟期的一个重要收获。

用白话文取代文言文,本身就是一场大众取代贵族的运动,就是一次对旧的语言等级的打破,就是要确立现代汉语的主体性。所谓"文艺大众化",所谓"普罗文学",几乎一直是和白话文运动相始终的议题。甚至连以写性爱、写个人自述小说闻名的郁达夫,也曾在 1928 年 9 月出面创办过《大众文艺》月刊。而 1930 年前后的中国文坛,更是左翼思潮风起云涌的时代。针对新小说迅速的欧化和精英化,瞿秋白、鲁迅等人犀利的批评和建议,使得"文艺大众化"再一次成为影响深远的文学和文化讨论。1932 年瞿秋白在他那篇著名的《大众文艺的问题》的文章中,对"五四"以来的新文学提出尖锐的批评,他说:"现在,平民群众不能够了解所谓新文艺的作品,和以前的平民不能够了解古文词一样。新式的绅士和平民之间,没有共同语言。既然这样,那么,无论革命文学的内容是多么好,只要这种作品是用绅士的语言写的,那就和平民群众没有关系。'五四'的新文化运动因此差不多对于民众没有影响。"瞿秋白甚至把"文艺大众化"提升到继续"五四"文学革命的高度,他说"因此,大众文艺的问题首先要从继续完成文学革命这一方面去开始",他对于创建新的大众化语言和大众化文学还提出种种具体的建议。(翻检旧章,你在明显地看到问题提出的尖锐性和正当性的同时,却也会看到解决方案的简单化、政治化。这几乎成为新文化运动以来的一个普遍模式。瞿秋白关于"汉字拉丁化"和要求作家、文学成为无产阶级革命工具的呼吁,后来也成为长期的负面影响。尽管我们无权要求历史的完美,但这并不意味着我们就放弃对历史的反省。当然,这已经远远超出这篇短文的议题。)那场发生在大都市上海的文学讨论影响颇广,在当时的山西文艺界也引起热烈的反响。赵树理的《盘龙峪》就是这次文学思潮的直接产物。李国涛先生在他的那篇文章中明确指出:"要说明的是:在三十年代上海进行大众化问题论争而没有产生出真正大众化作品的时候,在偏远的太行山山沟里,却有人实践了革命的主张,并取得可喜的成绩。这个人就是赵树理。"我想强调的是,举出《盘龙峪》并非要否认赵树理和《讲话》的联系。赵树理和《讲话》的深刻联系是显而易见的,他的成名,和他后期创作过分意识形态化的弊病,都和这个政治联系是密切相关的。但这种过分的政治化、意识形态化也正是他后来作品的局限性所在。举出《盘龙峪》这个事实,可以让我们明显地看到赵树理和白话文运动的联系,可以让我们明显地看到赵树理的创作风格是一次文学运动深化的结果,是现代汉语确立自身地位的一次可贵的努力。赵树理之所以成为赵树理，首先是一种文学的探索和努力。他的这种探索和努力，是具有超越性的。我们今天已经不会再按照几十年前的政治标准和意识形态去写作，但是，赵树理对于民间文化和传统白话文学创造性的传承，赵树理极为自觉、十分成功地把民间口语引入现代汉语写作，赵树理生死不渝的人民性，和赵树理对于底层民众一往情深的关注，都是我们今天坚持汉语写作最可宝贵的资源和财富。

其实，就在《盘龙峪》产生的前后，另一位乡土文学大师沈从文也在 1934 年发表了他的代表作《从文自传》和《边城》，而京味小说大师老舍先生早在 20 世纪 20 年代就写出了长篇小说《老张的哲学》和《二马》，进而又在 1936 年写出了最著名的《骆驼祥子》。这三位作家各自依据了不同地域的方言，不同地域的民间文化传统，创作出了杰出的现代汉语小说。尽管因为民族、身世、教养、机遇、才华的不同，他们创作出了风格迥异的作品，但有一点是相同的，就是他们三人都来自底层，他们都自觉地把各自独特的方言口语带进了小说叙述，他们都对深厚的中国文学传统有着创造性的继承和发展。正因为有他们和他们杰出的作品存在，现代汉语被注入了蓬勃的活力，现代汉语成为一种最杰出的语言。当年的白话文运动，后来的文艺大众化讨论，正是在这样的作家和作品上结出了最为丰盛的成果。也正是这样的作家和作品，把最丰富的口语和最广大的人群纳入现代汉语的叙述中来，组成了现代汉语最为深厚的土壤。他们丰茂如林莽、柔细如微风的叙述,他们刻骨铭心的生命体验,早已超越、覆盖了所有理论和政治的僵硬界限。

1955 年,是赵树理名声最为鼎盛的时期,他曾经在《〈三里湾〉写作前后》这篇文章中清醒地总结自己说:"我虽出身于农村,但终究还不是农业生产者而是知识分子,我在文艺方面所学习和继承的也还有非中国民间传统而属于世界进步文学影响的一面,而且使我能够成为职业写作者的条件主要还得自这一面——中国民间传统文艺的缺陷是要靠这一面来补充的。"由此我们可以看到,乡土的赵树理并非封闭在穷乡僻壤的"乡下人",正是新文化运动和新文学的种种思潮,带给他世界性的开放眼光,使得他有可能把原来的穷乡僻壤,把一个中国人的万千体验,变成新文学的一部分。

只一转眼,赵树理的名声和他的小说都成为依稀的往事。把别人写进历史的赵树理,自己也成为历史的一部分。赵树理写了一生、想了一生的中国农民,已经发生了翻天覆地的变化。如今,一些农民成了腰缠万贯的"农民企业家",一些农民成了漂泊天涯四海为家的打工族,还有一些农民照样被绑在黄土地上穷困终生。随着"文革"的结束,随着改革开放,随着强势文化所主导的全球化,随着一个金钱大于一切的时代的到来,赵树理的文学背影似乎离我们越来越远。在淹没一切的"现代"和"后现代"的潮水中，在灯红酒绿的都市新人类狂乱的背影后面，在"成功"和赚钱、血腥和犯罪成为最流行的爱好趣味的今天，赵树理笔下那些张家村、李家庄的故事几乎无人问津，正被掩埋在遗忘的青草当中，变成历史原野上苍茫的地平线。

今年春天，我曾到晋东南山区的晋城市参加一个会议。赵树理的家乡沁水县尉迟村原来就在晋东南专区。如今虽然一个专区划分成晋城、长治两个行政区，但是，所有的晋东南人都还是认为赵树理是自己家乡的人。他们常常不叫赵树理的名字而只称呼"老赵"。"老赵"是家乡人心里永远的骄傲。"老赵"生前为家乡人做的种种好事，"老赵"在"文革"批斗会上叫人捧腹的种种黑色幽默，早已经变成家乡人口头上版本不同的传说。讲故事的人，终于变成故事里的角色；看风景的人，终于变成了别人眼里的风景。在晋城市的会议上，为了招待与会来宾，当地文联专门组织了两场演唱晚会。全部节目都由本地艺校的师生和晋城矿务局文工团出演。节目安排都是仿照中央电视台春节联欢晚会的样式，英雄人物加搞笑小品，"主旋律"歌舞加最流行的明星仿唱和迪斯科舞步，当然还有少不了的地方戏曲选段和快板、相声。那些在电视机前看厌了港台"天王"、世界巨星的眼睛，早就料定了不会有奇迹出现。大家脸上都是应景的笑容。但是，有感于主人的盛情，演出的气氛还是很热闹，大家为所有的节目热烈鼓掌。在那些似曾相识到处流行的节目中，观众们忽然听到了《小二黑结婚》的名字。那是艺校的师生们学来的一段现代舞剧。一目了然的剧情,黑白分明的人物,溢出常规的夸张的乡土肢体语言,极富地方特色的背景音乐,在二三十分钟之内把书本上的《小二黑结婚》演绎得有声有色,演绎得现代而又古典。在所有似曾相识到处流行的表演当中,舞剧《小二黑结婚》成为最有特色也最吸引人的亮点,演出结束时,观众们的掌声分外热烈。握手告别时,大家都和"小二黑"多说了两句。

很快,会议结束了。很快,沙尘暴刮走了春天。很快,炎炎烈日烤得人难以喘息。坐在熬人的暑热中,回想已经成为历史的赵树理先生,回想往事,还是能清晰地看见《小二黑结婚》鲜明夺目的场景。

2002 年 8 月 4 日傍晚写于家中,8 月 6 日增改,10 日改定

本文为《赵树理小说集》代序

被割断和被误会的

——读汪曾祺先生《短篇小说的本质》

　　如果不是看了文章最后落款时写下的日期，如果不是看了标题下面那个明确的签名，你真难以相信这篇文章写于五十年前，你真难以相信写下这篇文章的那个叫汪曾祺的人，那一年只有二十七岁。如果剔除文章中偶尔出现的稍显古旧的字眼，你真会认为这明明是一篇刚刚脱手的文章，而且有一股明摆着的无可怀疑的"现代"和"先锋"的味道。

　　这篇文章的题目明确而又单纯："短篇小说的本质"。不用说，这是一个纯粹的关于"纯文学"的严肃命题。可在这个严肃的命题之下又冒出一个化严肃为风趣的副题"在解鞋带和刷牙的时候之四"。我们不知道五十年前的初夏，那个二十七岁的年轻人，趁着脱鞋的脚汗味和牙膏的泡沫，还讨论过一些什么别的"纯文学"命题。我们只知道五十年前他在上海市中心区，一个自己命名为"听水斋"的屋子里，把短篇小说的本质总结为"一种思索方式,一种情感形态,是人类智慧的一种模样"。为了把这个有点过分正式的结论化解一下,他再一次地拿出了脱鞋和刷牙的风趣又加上一句:"或者,一个短篇小说,不多,也不少。"这情形有点像一个聪明的学生在课堂上完满地回答了老师的问题之后,又回过头来对同学们挤挤眼睛,惹出满屋子的笑声。

这篇九千六百字的文章,作者说他前后花了五个晚上,"自落笔至完工计费约二十一小时"。在这九千六百字中,作者把听大鼓书的"李大爷""王二爷"和弄小说的"伍尔芙夫人""白朗宁太太"扯到一起,把《西厢记》和《亨利第三》搁到一处;把托尔斯泰、陀思妥耶夫斯基、毕加索、劳伦斯、克罗采和手边的烟盒、"瘦瓜瓜的后脑,微高的左肩"随意地提起来放下去,放下去又提起来;为了说明"短篇小说的本质",他竟然顺带着先把长篇小说和中篇小说的"本质"都拉进来纵论了一番;在他的笔下,唱大鼓的"顿、拨、沉、落、回、扭、煞"的腔调韵味,和毕加索那三幅越来越抽象的绘画的故事,都可以拿来作为纯小说的"诗意"的资源和证据;如此这般,等等,等等。你真是觉得这个年轻人有一股上下古今皆为我用的气概;你真是觉得这个年轻人有一种中国世界皆收于眼底的胸怀;你真是觉得他自由,洒脱,奔放,聪明而又幽默,深刻而又纯真,真有既无微不至又纵横千里的才华。他真有一个纯粹而又自由的文学的王国。可是这位颇有一点恃才自傲的年轻人仍然不能满意,仍然为了"现代小说""是个不太流行的名词",仍然为了"小说的保守性"而大声疾呼:"多打开几面窗子吧,这里的空气实在该换一换,闷得受不了了。多打开几面窗子吧! 只要是吹的,不管是什么风。"

说到底,任何一件事情和人物的产生都是有它深广的社会和历史根源的,离开了这些深广的根源也就无所谓事件和人物。就在这个意气风发的年轻人大发议论之前,中国大地上已经有过几十年的"新文化运动",虽然在历史的种种风云变幻中这场运动经历了种种挫折和流变,虽然长达十四年的抗日战争几乎中断了这场运动的文化变革的意味,但是它毕竟奠定并且流散成为滋生中国新文化、新文学的深厚的渊源。就在这篇《短篇小说的本质》发表的1947年初,钱锺书先生那本绝妙的《围城》也在上海问世了。就是发表这篇文章的天津《益世报》文艺周刊,就正在连篇累牍地发表沈从文先生的随笔和作品。更不用提当时仍然十分活跃的那些鼎鼎大名的人物:老舍、郭沫若、李健吾、曹禺、张爱玲、王统照、陈敬容等等。我们只要稍微做一点翻阅就可以开出一个长长的作者和作品的名单来。如果我们再对当时的报纸、期刊、出版做一点调查,就更会发现一个颇为繁荣热闹的局面。十四年抗日战争的胜利,也终于给中国的文化人带来了一丝喘息和希望。于是,在这一切渊源和普遍的文化氛围之中,有一个叫汪曾祺的二十七岁的年轻人,就突发了那些关于"短篇小说的本质"的种种奇想。倒并非他有超人的特殊的天才,倒并非因为他在六十岁以后有了杰出的创作成绩，我们就一定要论证他二十七岁时的不一般。

而事实上，五十年前在那个"听水斋"的窗子里，已经可以听到从江北传来的隆隆的炮声了。五十年前的初夏，就在1947年的5月，就在《短篇小说的本质》写就的那一个月，人民解放军已经完成了正太战役和孟良崮战役，战争的硝烟已经燃遍北中国，已经有近百万的国民党正规军在战火中被消灭，国共两党的攻守之势已经发生了战略性的变化。历史的洪流终将淹没《短篇小说的本质》，终将淹没一个才华横溢的年轻人可以想象出来的任何一个什么"本质"。历史将无情地割断一个二十七岁的作家对于文学所做出的所有的追问。我总在想，我们现在是否真的充分估计了这种割断，对于那个二十七岁的年轻作家文学追问的伤害？我们是否真的充分估计了这个割断对于我们，对于中国文学的伤害？否则，我们怎么竟然会在半个世纪后的今天，觉得这是一篇我们自己写出来的文章？这五十年的时间落差到哪儿去了？在新中国成立到"文革"结束的近三十年间，汪曾祺先生停止了他的追问和创作，如果说写了一点什么，那也是他在被"控制使用"的状况下写了好几年的样板戏。与汪曾祺先生类似的人我们又可以开出一个长长的名单来，巴金、萧军、李健吾、茅盾、沈从文，包括虽然写了一些却永远辉煌不再的老舍、郭沫若、曹禺等等。这个意味深长的名单叫我们懂得什么叫历史和命运，叫我们懂得才华的光芒是在怎样的境遇下转变成为煎熬的炼狱。在两大阵营对立"冷战"的历史终于结束了的今天,在市场经济和现代化的又一种历史洪流终于冲淡了"意识形态"的今天,我们终于又可以接续起关于《短篇小说的本质》的讨论了,我们终于可以看清楚关于文学和文化的价值判断,是比政治判断哪怕是"伟大的政治判断"要长远得多也悠久得多的判断和追问。原来我们以为我们最新,最好,最理想,最革命,最最最……现在我们知道没有这样的人间神话,我们不过是从自己那"悠久"的五千年走到了第五千零一年,我们不过是从九曲十八弯流到了第十九弯,再向前是第二十弯,没有奇迹,也没有神话,有的只是我们自己无可逃脱也无可回避的命运。

一个二十七岁的青年在经过了三十三年的割断和淹没之后,终于又写出了自己的短篇小说《受戒》的时候,已经是六十岁的花甲之人了。从六十岁到七十七岁去世,汪老的文学新生也只有短短的十七年!1983年汪老"新时期文学"的第二本小说集《晚饭花集》出版。他在序言中说了许多晚饭花的凡俗、轻贱、杂乱之后,在结尾处感慨道:"我已经六十三岁,执笔为文,不免有'晚了'之感。"此言读罢,真叫人辛酸,真叫人感慨万千!汪老终于没有为我们留下他的长篇小说。他只来得及用他那两卷本的小说,对《短篇小说的本质》做最后的求证和追问。也许,汪老不是不能写,而是不想写长篇小说。说到底一个作家文学境界的高低,不在他写得有多长,而在他写得有多好。

　　一个二十七岁的年轻人在五十年前所看到的"短篇小说的本质",对于今天的我们来说,恐怕是远远不够用的了。但是他五十年前的那种统摄古今、纵横中外的文化眼光和气度,却是足以引为榜样的。当如今在我们这个东方的"很大又很小的国度中"几乎照样还是"简直一步也走不动"的时候,当我们如今为了自己的"新"、自己的"后"、自己的"先锋"争论得面红耳赤,以为自己正在做着开天辟地的伟业的时候,我们不妨想一想,五十年前有一个小伙子趁着解鞋带和刷牙的空当,已经把这件事情做过一遍了。误会,尤其是对自己的误会,有的时候会使人显得很可笑。

　　谢谢北京大学的杨志勇先生,谢谢他在成堆尘封的资料中找到了汪老的这篇佳作。谢谢钱理群先生及时地把这篇佳作公之于众,为我们这些还想做文学的人树起一个可资对照和借鉴的路标。

　　谢谢汪老。谢谢五十年前那个二十七岁的年轻人。

　　　　　　　　1997 年 6 月 13 日完稿,9 月 2 日增定于太原

旷日持久的煎熬
——《马桥词典》的启示

　　我真后悔去年夏天看过韩少功的《马桥词典》之后，没有立即把自己的兴奋和激动写出来，没有把自己被《马桥词典》所引出的种种联想写出来。等到我现在再来写这篇文章的时候，已经不得不被迫处在一种"辩诬"的地位。因为北京大学的副教授张颐武已经在报纸上公开声称《马桥词典》"无论形式或内容都很像，而且是完全照搬《哈扎尔辞典》"（见北京《为您服务报》1996 年 12 月 5 日）。不过，张颐武副教授做得很周到，他在把等式这一边所有的数字和运算符号都填好写好之后，却把等式那边的抄袭二字留给报纸去炒。一时间，张颐武之心人人皆知；到处都在哄传新闻：《马桥词典》是对塞尔维亚作家米洛拉德·帕维奇《哈扎尔辞典》的抄袭。一部杰出的作品，一个杰出的作家，被人泼上"抄袭"的污水，在报纸上炒来炒去之后，你再来说它如何如何好的时候，你就不得不先去擦污水，先得告诉别人它如何如何不是抄袭，这是一件很叫人恶心的事情。因为被指为"无论形式或内容都很像,而且是完全照搬",已经远远超出了文学评论的范围,那已经是一件关乎人格和法律的事情,那已经不是可以在一篇文章里来解决的事情。我百思不得其解——如此行径是怎么和文学评论连在一起的?是怎么和堂堂北京大学副教授这样的称呼连在一起的?

多年来我一直订阅《外国文艺》,1994年第2期的《外国文艺》我是看过的。在有了张颐武副教授的"完全照搬"的说法之后,我又把《哈扎尔辞典》非常仔细地看过一遍,并且随手将人物编号分类做了四页的笔记。然后,又把《马桥词典》也再看了一遍,也做了笔记。我实在看不出二者之间的"完全照搬"。把这种有霄壤之别的作品指为"抄袭",怕是需要有超乎常人的眼光和德行。韩少功纵有天大的本事,也不可能去欧洲抄袭回来一个叫马桥的村子吧?要知道那可是整整的一个世界啊!那些所有的风雨雪雾、山川河流、男欢女爱、生老病死、鸡鸣狗叫,所有的汗水和泪水,所有的欢乐和痛苦,最后还有除了马桥人之外谁也不会说不会用的马桥的方言,这一切不要说在任何一本外国人的书里抄不来,就是在任何一本中国人的书里你也休想抄得出来。更为重要的是,在对这个世界的表达和描述中,还有一个比这个眼前的世界更为复杂也更为丰富的韩少功内心世界的表达和流露。这一切难道是靠抄袭能解决的吗?

既然已经无法再单独地谈论《马桥词典》，既然两部长篇都已经仔细地读过，我想，还不如索性谈一谈对这两部作品读后的感想。倒不在于评出孰优孰劣，而在于可以通过这样的对比想一想，我们中国文学，我们中国作家，我们每一个还想从事文学的人，在当今这样一个新的世界文化格局所限定的人类处境中，到底还有怎样的可能？到底还有没有可能深刻地创造性地表达自己？我愿以此来就教于各位倾心于文学的读者和作者。

一

　　自丧权辱国的鸦片战争以来已有一百五十五年了，自悲愤满腔的戊戌变法以来已有九十九年了，自可歌可泣的辛亥革命以来已有八十六年了，自狂飙突进的新文化运动以来已有七十多年了，自血流成河的抗日战争胜利以来已有五十二年了，自硝烟遍地的第三次国内革命战争决出胜负以来已有四十八年了，自举国狂热的"文革"结束以来已有二十一年了。一个半世纪以来，已经有不知多少人的生命在中国的土地上生下来又消失了；活过，又死了。但是，古老的中华文明对于自己的古老的突围仍然遥遥无期。一个在外力和内力的合击之下解体了的文化传统，仍然在艰难地一砖一石地尝试着自己的重建和塌陷。

　　当人们以这样的眼光和尺度看待历史的时候，几乎可以，也完全可以对于一个叫作马桥的村子忽略不计。因为它实在是太微不足道了。它除了一些"不知有汉，无论魏晋"的村民，和村口那两棵最终还是被砍倒的老枫树之外，实在乏善可陈。但是马桥人并不在乎别人的眼光和尺度，照样在罗江的岸边，照样在没有了枫树的村子里生生不息。

一个半世纪以来我们这个星球靠着科学技术、市场经济、法律典章、民主制度、世界大战、核武器、环境污染和种族歧视，已经从一个殖民主义的星球演变成一个全世界现代化和全球市场化的星球，而且据说已经进入了"后现代"。

当人们以这样的眼光和尺度看待地球的时候，几乎可以，也完全可以对于一个叫作中国的国家忽略不计。因为它实在是太陈旧了，太落后了，它从来就没有赶上这股潮流，它死跟活跟还是跟不上，跟了一百五十多年，不过才从一个"半殖民地半封建国家"，变成了一个"第三世界"的"发展中国家"。它既没有领导过这股潮流，也没有给这潮流输出过什么可资借鉴和使用的"文化"。虽然有人在用亚洲四小龙的经济奇迹，来印证"儒家文化的新的兴起"。但是"小龙"毕竟不是老龙和大龙。邻居和亲戚的阔气，并不能说明自己的繁荣昌盛。因而就有人充满危机感地喊出，如果我们中国人再不赶上这"第三次浪潮"，就有被"开除球籍"的危险。可是，这一切也没有能妨碍和停止中国人在自己的土地上生生不息，并且早已经从"四万万同胞"生长成了"十二亿华夏子孙"。

之所以在谈论韩少功的《马桥词典》的时候,不厌其烦地谈论"眼光"和"尺度",是想提醒诸位注意我们作为中国人的生命处境,是想提醒诸位注意作为马桥人的生命处境,和落在那些"眼光"与"尺度"所组成的"历史"之外的生命的存在和生生不息。

我想,一切真正的文学和艺术所要做的事情,就是去打捞和表达这所有的被"历史"遗漏的东西,这所有的被遗落在"历史"之外的人的生命体验。当我们把这些刻骨铭心的生命体验打捞上来表达出来的时候,我们又会在不期然之中,在那些生命的深处看到这样或者那样的"眼光"与"尺度"所留下的烙印。

当回过头来打量历史的时候,凡有些文学史常识的人都知道,以《狂人日记》为题目而发端的中国的新文学运动,在它的第一天就打上了外来文化的烙印。这篇被鲁迅先生从俄国作家果戈理手上"完全照搬"了题目和文体的小说,从此,竟然成为中国文学和中国文化不可逃避的世纪性命题的标志。对此,鲁迅先生曾经有过一句殉道式的悲情自白:

从别国里窃得火来,本意却在煮自己的肉。

这是一场旷日持久的煎熬。这是历史给中国人给中国文化留下来的唯一的再生之路。这是中国现代文学悲怆欲绝、旷世孤独的主调挥之不去的根源。在中国现代文学立起的石碑上,一面刻下的是生者前进的里程,一面刻下的是给死者的诔文。

从那以来的七八十年中国新文学、新艺术几乎从一切方面都在不停顿地借鉴、引进、吸收。尤其新文学以来的文体，几乎无一不是从外国"完全照搬"来的。迄今为止，还没有哪一位中国作家可以宣称，他给世界贡献出过他自己独创的文体。我们难道可以说中国的作家们这近一个世纪以来的创作一直是在抄袭吗？

七八十年的岁月倏忽而过。我们在本世纪末所遇到的是更为无助的两难处境——自己的腐肉尚未煮完，那团窃得来的别国的火种却已经出了问题。当"德先生"生出法西斯的怪胎，"赛先生"造出核武器的灾难的时候，我们不得不反躬自省。当现代和后现代的艺术浪潮席卷世界的时候，当结构主义、解构主义、后殖民主义的种种理论把那窃得的火种变得扑朔迷离的时候，当东欧剧变、苏联解体之后，我们不得不重新体察自己这世纪性的煎熬。当西方人在那些当初被他们认定后来也被我们所认定的真理的尸体上哀歌不已的时候，我们突然发现自己所陷入的将是一种更可悲哀的无语的叙述和无字的书写。当年，我们从"文革"浩劫的废墟中刚刚走出来，一种"得救"的激动掩盖了我们这个无比尴尬的处境。但那种控诉式的"伤痕"，并不能作为当代中国人的新的精神立足点，也不能作为中国新文学赖以生根的坚实的土壤。作为一名在"新时期文学"的大潮中成长起来的作家，我自己曾经也在一次又一次"轰动"的空响中激动不已。我们得承认，新时期文学的起点很低。也就是在新时期文学走到第一个十年前后，以韩少功等人为首的几位年轻作家，却打出了一面看上去很老的叫作"寻根"的旗帜。如果说韩少功当初的寻根，更多的是为了逃离非文学霸权话语的狭窄的阴影，那么韩少功也从此开始了自己面向世界，更为开阔、更为清醒、更为独立的精神和情感的追求。在扬弃了简单的东西文化优劣论之后，在放弃了那种线性的非此即彼的对于世界的把握方法之后，在经过了旷日持久的知识结构的转变之后，在翻译了昆德拉的《生命中不能承受之轻》之后，在经过了从《爸爸爸》《女女女》到《谋杀》《鞋癖》《暗香》等等一系列的新的形式和文体的尝试之后，在经过了又一个十年之后，锲而不舍的韩少功终于写出了《马桥词典》。

在这第二个十年当中，我们又经历了"现代派""先锋"和一切关于"后"的新名词的轰炸和轰动。但是，在这第二轮的轰动之中，我们所常常看到的还是那样一种"获得真理"的满意，还是那样一种"宣扬真理"的自豪，中国文坛的先锋理论家们在把种种新名词新理论倾泻到大地上的时候，在他们毫不犹豫兴奋热烈的脸上除了心满意足以外还是心满意足。（我听说当时张颐武副教授曾经被人以"后张"戏称。）但是，如果"从别国里窃得火来"本意却只在于一时的炫耀，本意却只在于夺一时的话语时髦，甚至本意却在于用"后现代的神话"来遮盖中国的鲜血和苦难，用"后现代的神话"来取消知识分子的责任和理性承担，那么我们将会永远被淹没在历史的阴影之中。中国文坛上"先锋小说"迅速地兴起和衰落，其症结也正在于仅仅"从别国里窃得火来"，却又并不真心地"煮自己的肉"，并不认真地回答自己作为中国人的生命处境，并不认真地回答中国文化传统带给我们的挑战。于是，"先锋"在我们这里很快地丧失了前进的动力，很快地蜕变为一种封闭的自我循环，在"先锋"作为一种时髦的价值消退之后，并没有给我们留下多少新的文学空间。在一场又一场的"副本"游戏之中衰落了的不仅仅有文学，还有玩游戏的人。晚近以来，这一类的"游戏"不断以某一种新口号哗众之后反复上演。这样的"游戏"一日不停止，这样的"游戏"一日不说穿，中国的文学就一日没有出息。唐晓渡、欧阳江河、陈超三位先生，对于这种种"中国式的后现代"理论有过非常中肯深刻的批评（见《山花》1995年第5、6期）。叫人不可理解的是，没有见到任何一位鼓吹"中国式的后现代"的理论家的回答。

我这样不厌其烦地谈论过去和背景，似乎有些离题太远，但是，如果不把谈论问题的前因后果讲清楚，不把谈论问题的语境讲清楚，也就无法讲清《马桥词典》的意义和贡献。当初，以"阶级斗争"为前提的主流话语曾经覆盖了中国大地。如今，以"改革"为前提的主流话语再一次覆盖了中国大地，附在它侧翼的是在中国知识界流行的"中国式的后现代"理论的种种版本，对"经济奇迹"和"后现代"属于历史进步的单一性肯定的价值判断，正在剪除着中国知识分子任何怀疑和批判的合法性与可能性。在当今这个被权力和金钱合谋所制造出来的狂欢节上,所有时髦的"游戏"大受喝彩,而韩少功的《马桥词典》却被有"后张"之称的张颐武副教授大泼污水的场面,就尤其发人深省。

事实上,不管承认还是不承认,我们中国人的精神坐标,都无法摆脱世界性的"后现代主义"思潮。可悲的是,"后现代主义"的千丝万缕在别人那儿都是刻骨铭心的真实处境,但在我们这儿,千变万化都常常是一种时髦的标签,都常常是对现存体制和社会心满意足的认同的"新"理由。可悲的是,"后现代主义"在别人那儿自始至终都是一种审视、怀疑、批判和分离的过程,但到了我们这儿,几乎从头到尾都是一种仰视、坚信、认同和臣服的喜剧。我们在精神上竟然还是逃不脱用指南针看风水,用火药驱鬼的悲哀。我们缺乏可以立论的"主义",我们更缺乏承担"主义"的人格和勇气。唯一可以令人欣慰的是,在这一派喧天的狂欢节的"喜剧"中,一些执着的追问者和承担者,终于渐渐地露出了他们诚实、朴素、而又坚定不移的面容。

二

其实,当韩少功彻底地放弃了那种"主导性人物,主导性情节,主导性情绪,一手遮天"的传统小说的叙述原则之后,当韩少功把马桥的历史、地理、气候、社会、文化、人物、习俗、情感、命运、故事、气味、温度、幻想、现实等等,解构分散成一百一十一个词汇呈现给我们的时候,当韩少功把考据、政论、语言比较、思想随笔、笔记小说、抒情散文、方言考察、民俗记录、神话、寓言等等这一系列不相干的文体,通通汇集在一部长篇当中的时候,当韩少功在以一种"反小说"的方法来写小说的时候,他所采取的恰恰是一种后现代主义的开放式的文化立场,他所具有的恰恰是一种真诚的艺术家最为可贵的冲决一切传统束缚的先锋性的品质。如果从韩少功以《文学的根》作为宣言的"寻根"开始,到他创作《马桥词典》的时间算起来整整十年。十年寻根,十年追问,十年对自己和对时髦的不断否定与突破,十年的集大成,韩少功终于有了他的《马桥词典》。

看过韩少功的《马桥词典》之后,我就想,这一次韩少功真的是成功了!韩少功终于为自己精神和情感的风帆找到一个坚实而深沉的码头;韩少功终于把自己的文学之梦,安放在一个叫作"马桥"的巍峨而又绮丽的殿堂之内;韩少功终于把世纪末的世界的文化激流,再一次地接续到中国人的生命之根上;韩少功终于把世纪末的世界文化的火种,再一次地接续到中国文化再生的煎熬的炉火之中;坐在这一片历时十年而造就的词语的丛林之中,你可以听到从外面世界吹来的浩荡的世纪之风,你也可以感到这一片浓密而敞开的生命的喧哗和叹惜之声,随风传到很远很远的地方。

以我自己的苛刻的划分,在《马桥词典》之前,韩少功的一切文字都只能算作一种准备,在《马桥词典》之后,韩少功将可以被称作一位杰出的小说家。

一部《马桥词典》从头至尾充满了怀疑和驳问,既有对西方话语霸权的驳问,也有对汉文化话语霸权的驳问;既有对科学至上的驳问,也有对现代神话对人异化的驳问;既有对历史进步的驳问,也更有对语言符号本身对人遮蔽的驳问。可是立在这一切怀疑和驳问之下的,并非一个浪漫而理想的"桃花源"。读过《马桥词典》之后,在被韩少功那些或机敏或深沉或抒情或冷锐的文字引出了笑声和眼泪之后,心头拂之不去的,是那样一种深深的悲凉。在这个叫作马桥的世界里,几乎一切可以被称作美好的人和事,都在一种麻木、阴冷、压抑的气氛中,或突然或渐渐地死去。那个肯为任何人卖力气,却又在人们共同的压迫下最终变成了哑巴的盐早;那个既殉情于自己的发歌艺术又殉情于女人们,却又最终被人发现没有龙根的万玉;那两棵曾经温暖了人们不知几百几千年,温暖了不知几代几十代人,却又最终被砍倒变成了板凳的老枫树;那个美丽夺人,却死了儿子离了丈夫最终变成了梦婆的水水;那个闯遍广州上海一心要发财一心想当个现世英雄,却又最终被关进牢房病死狱中的魁元;那头叫作桀骜不驯、气贯长虹、力大无穷,却又最终死于人们刑法的斧头之下的黄牛……无不叫人肝肠寸断。这是一个怎样的叫人牵肠挂肚,却又令人阴冷窒息的世界啊。而当这一切被撤去了"史诗"的可能,当这一切被撤去了"理想"的可能,当这一切被撤去了成为"历史"的可能,最终飘散成为一百一十一个孤独的词语呈现在我们面前的时候,你会不由得悚然想起马桥人对于死亡、衰败、消失所专用的那个词——散发。世纪之初,在东西文化的对撞中,被新文化运动的前辈们所选定的那个世纪性的悲壮命题,在世纪之末,在对马桥人的一百一十一个词语的注释中,再一次沉重地浮现在眼前,所不同的是,这一次的煎熬,是一次对于"肉"和"火"的双向的追问和煎熬。中华民族何其不幸,竟要落入这样一种无人可懂的两难处境? 一个在暗夜中的前行者,当连他手中的最后一点火光也消失了的时候,那将是怎样的一种境地? 也许这样问,这样想,太让人绝望。也许为了给这绝望再加上一把煎熬的烈火,历史所能给予我们的只有置之死地而后生。

我知道,当我因为《马桥词典》而这样谈论中国人的历史和精神处境的时候,会遇上一道"文化冒险主义"的篱笆(张颐武副教授在和刘心武先生的笔谈中曾多次有过这样的指责)。事实上对于中国人的历史和精神处境基本估量的巨大差异,已经成为中国文化界自"坚持人文精神"的争论以来,许多分歧的症结所在。由于这个问题太大也太复杂,不是在这篇文章里可以谈清楚的。但是,我想提醒的只有一点:撇开别的姑且不提,只要我们还稍稍地记得一点"文化大革命",对苦难还稍稍地有一点承担的精神,我们就该明白,我们中国人的文化和价值重建,离 1911 年的辛亥革命实在没有多远! 不错,世界上没有也不应该有任何一个人生来就是为了吃苦和受难活着的。一切对于苦难的承担,也正是为了人的幸福才去承担的。可是如果午睡后的一只"红富士",晚饭前点起来的一根白蜡烛,银行里的一点存款,手上的几本文集,搞了几集电视连续剧,间或有那么几次的出国"文化观光",动不动可以闹上一两次文化名人的脾气,这一切都成了心满意足的理由,都成了点缀历史进步的花瓣,都成了跟上后现代的时代的标志,都成了"保卫进步""保卫文化"的赤胆忠心和铮铮铁骨的支撑点,那么我们就真的可以闭上嘴,闭上眼,也闭上心,在对世俗也对自己的关怀中享尽"幸福"。

于是,在这片被现世的幸福所板结了的土地上,不会留下任何新文化的种子。于是,在被"中国式的后现代"理论所矮化了人格的肩膀上,你不会看见任何承担的愿望。所谓"从别国里窃得火来,本意却在煮自己的肉"的历史使命,就在中国知识分子精神板结的土地上,蜕化成一次又一次的"学术期货"交易,蜕化成一遍又一遍的"学术奔跑",蜕化成姿势优美、唱腔准确的"文化表演"。在这样一场新版的"兄妹开荒"的演出中,我们甚至着急得顾不上把翻土、撒种、除草、施肥的动作做完,就已经赶紧做出满脸夸张的庆祝丰收的表情来,就赶紧鼓掌庆祝自己演出的成功和轰动。这些年来,在这块精神板结的土地上,这一类的文化空转的表演愈演愈烈。我们只关心自己是否轰动,并不关心是否真的撒下了种子,更不关心种子是否真的生了根。历史所给予的一场精神历程的双向的煎熬,在我们这里却变成了双向的误会和讽刺。

在这一片"有福不会享"的讥笑声中,在这一片"有福不让享"的指责声中,韩少功却在中国最能享上福的经济特区海南岛,弄出这么一个远在湘东北的偏僻穷困的马桥村来,而且如此隆重地为这个最没有文化、最落后、最不现代化的地方,编创了一本后现代的词典,叫我们这些"有文化"的人来受感动和受启发;弄出这么一百多个词语的谜语来叫我们猜。这时候你就不由得会在韩少功叼着香烟的笑脸的后面,看出几分令人心惊的"黑色"来。

出于对语言篡改的警惕,出于对语言蜕变的警惕,出于对在被叙述中语言耗散的警惕,也更出于对语言符号给人自身所带来的遮蔽的警惕,韩少功在后记中把《马桥词典》界定为"我个人的一部词典",甚至希望"人们一旦下课就可以把它忘记"。在这个小心的界定和提醒的背后,我们又一次地看到了怀疑。这次的怀疑,是韩少功对自己的怀疑,是韩少功对自己的怀疑的怀疑。韩少功自己也不能确定,在这世纪末的纷乱的激流中,他所找到的这些词语的踏石,能否帮助他自己涉过所有的洪水和险滩。

三

也真得感谢张颐武副教授，如果不是他这样挑起"抄袭事件"，我也就不会这样鲜明、这样仔细地把两部长篇小说对比起来看，也就不会在这两部小说背后发现他们泾渭分明的叙述策略和游戏规则，也就不会如此强烈地体会到他们相去霄壤的生命体验。

在把《哈扎尔辞典》仔细读过，并把人物分类编号，对照前后左右，我发现，帕维奇先生打了一场精彩绝伦的桥牌。在这场游戏中一切都是经过精心计算的，花色要分清，点力要算好，将牌和副牌绝不能混同，每一次叫牌都意味着一种欺骗和呼应，每一次出牌都意味着一种堵塞和沟通，在花色变幻的纸牌看似随意撒落的时候，那每一张牌，都是一次分毫不差的法则和约定的执行。作为典型的后现代主义小说的范本，帕维奇以那部据说是记载了哈扎尔民族全部历史和文化的《哈扎尔辞典》为中心道具，以基督教、伊斯兰教、犹太教，这三种不同宗教不同文化的民族，对《哈扎尔辞典》——也即是对历史、对文化、对宗教截然相反又相互叠印的记忆和叙述，展开了一场时空错转，人鬼互换，似真非真，似假非假，似梦非梦，复杂无比，又精彩纷呈的叙述游戏。在这个游戏之中，意义在消解，"所指"在滑动，所有对本质的追问都不可确

103

定,所有对生命的承诺都无法落实,所有对宗教的信仰都无处安放,所有对历史的书写都不可流传,所有的理性都在下意识的寒风中纷纷凋零,所有的形而上都在语言的坍塌中落进尘埃。在这场游戏的末尾,随着轰然一声枪响,随着那个四岁的男孩把一颗子弹打进一个空洞的大嘴,对于《哈扎尔辞典》的所有考查和追问的可能,变成一具尸体颓然倒地。与此同时,这个精心搭建,虚实相间,彼此呼应,环环紧扣,迷幻神奇,铺张了十万字的叙述之塔,也哗啦啦地坍塌成满地的碎砖乱瓦,倒在那一行谶语般的算式上——1689+293＝1982。这时候你才发现毁了这场追问、毁了这个好游戏的那三口之家,却原来是从二百九十三年前,从三个水火不相容的宗教和民族转生变化而来的。这本词典并非像作者在卷头所声称的那样,可以随便打开一页读起来,可以随便从一个词条读起来。那不过是作者在他采取的解构主义的叙述策略中,给读者故意留下的玄虚。你不把他精心编织的那一套结构和关系搞清楚,你也就根本无从去体会那最后一枪的"解构"和"颠覆"的震撼。何况,帕维奇并没有把《哈扎尔辞典》的叙述真正的词典化,在他开列出来的二十个单词中有十七个是人名,这些所有的人名解释都是有关此人围绕"中心道具"的叙述展开,由于叙述关系过分的复杂,帕维奇最后不得不放弃词典方式,而借助于十一封信的书信体的自述,和一段法庭审讯记录,才最终结束了自己的故事。帕维奇也正是依靠"不可卒读"拉开了与读者的距离,从而改变了阅读的旧习,把读者强拉进他的书写之中的。其实,词典体并非帕维奇的独创。在《哈扎尔辞典》于 1984 年发表的前七年,法国的那位学术大师罗兰·巴特就已经发表了他那本按照字母顺序排列的奇书《一个解构主义的文本》。当然 1977 年的罗兰·巴特还远远地轰动不到中国来,那时的我们正等着轰动于一场《于无声处》的惊雷。

但是,有了解构主义,有了意义和主体的消解,有了理性和形而上的塌陷,都并不能停止人的活动。在《哈扎尔辞典》发表数年之后,就在帕维奇教授的眼睛前面,一点也不虚假的子弹满天横飞,绝对不会消解的坦克、飞机和大炮覆盖大地,真实得不能再真实的鲜血和肢体随着爆炸的硝烟四下迸溅,塌陷了的只有平静的村庄和美丽的萨拉热窝,竖立起来的只有一眼望不到边的墓碑和断垣残壁。数万人死于战火,二百一十多万人背井离乡。不过你要是去问问交战的各方,他们保证都有真实得不能再真实、神圣得不能再神圣、正确得不能再正确的各种理由。一场战争结束了,一张地图重画了。若干年后,几个以东正教、伊斯兰教和基督教为各自主要教派的国家会加入世界中来,那时候,他们肯定会隆重地编撰各自的代表国家尊严和民族文化的各种词典或百科全书,可那时的人们已经不大会注意,印刷这些词典和"全书"的油墨里早就渗透了人的鲜血。面对此景,不知帕维奇教授再写词典体的小说的时候,将能使用什么样的新方法。面对此情此景,我们也真的不必为马桥的阴冷、麻木、贫困、落后和马桥的"散发",发生一种专门的独属于"落后民族""低等文化"的羞愧和耻辱。就像世界上不同民族不同文化的向善向爱之心有着同样的重量一样,属于人类的,属于人这种物种的残忍和贪婪也是没有红、黄、白、黑的肤色之分的。

四

在罗兰·巴特写了《一个解构主义的文本》之后,在昆德拉用"七十一个词"为题在《小说的艺术》中写了他的第六章之后,在帕维奇教授用半部词典体写了他的《哈扎尔辞典》之后,我的同行,中国作家韩少功用全部的词典方式,写出了他杰出而深刻的《马桥词典》。这没有什么奇怪的。就好像在福克纳的作品中可以看见乔伊斯一样,在《哈扎尔辞典》中既可以看见罗兰·巴特,也可以看见拉丁美洲式的魔幻现实主义和《一千零一夜》式的阿拉伯神话。在如今这个世界上你中有我,我中有你,已经成为一种普遍现象,所谓的文化独占,所谓的"话语权力"的独占,已经越来越成为一种过去的神话。

但是,当韩少功把他的一百一十一个用中国象形的方块字、用马桥的方言所组成的词语开列出来,放在纸上的时候,他的叙述策略和游戏规则所让你看到的,显然是一盘最自由无拘又出神入化的围棋。在这种由中国人发明创造出来的游戏中没有主牌副牌,没有那么多繁复细致到令人生畏的规定,棋子只有黑白两种,棋盘只有纵横相交的十九道直线,三百六十一个交叉点,每一个棋子在棋盘上都是平等的,不分主次的;力量的较量是在黑白错杂、阴阳吐纳之间完成的。

看《马桥词典》,你会发现韩少功在他的叙述策略中,把自己放在了一个针锋相对的巨大的矛盾之中:从总体上看他采取了解构主义的立场,把一个活生生的马桥世界,解构成为一个一个单独的词,并且他在行文当中不时流露和反复表现了这样的立场。但是在他对每一个词条的具体叙述时,他却使用了全知全觉的"本质主义"式的陈述。看他言之凿凿地或论证或陈述,你会觉得他一点也不想解构自己。这是一对极其富于张力和摧毁力的矛盾。面对这个矛盾的不仅仅是韩少功,还有所有采取后现代主义立场的人。

韩少功把洋洋二十八万中国的象形方块字,撒在这个巨大的张力场中,从容不迫地看着它们黑白错杂,阴阳吐纳。

韩少功的贡献正在于,他把中国的象形方块字,他把中国人的某一种方言,带进了这样一个后现代主义的巨大的思维和体验的空间之中——如果没有象形的方块字,没有那些对马桥方言的注解,韩少功这样一场对于后现代主义的突进,将丧失它巨大而深远的中国人的文化背景。

如果没有韩少功对于马桥世界的叙述，这一份独属于中国人的、独属于韩少功自己的万千生命体验，将无从被放置于世界性的后现代主义的火光烛照之下。

当这一百一十一个由象形的方块字所组成的词，带着它们全部悠久而沉重的内涵，丰富而复杂的意义，被从历史和现实中拆解出来，孤立为一个个单独开放的文本的时候，这些所有的字、词，这些原本无人知晓的方言，却在"解构"之中获得了核裂变式的升腾和"放大"。在对这些字和词的"放大"过程的体验中，我们既获得了一份意想不到的"解密"的惊喜，又获得了一份从旧有的叙述牢笼中被"解放"的表达的自由。

任何人，不管他是中国的还是外国的，他如果想进入马桥的世界，就必须翻越这一道有着悠久的历史、包含了绝然不同智慧的象形的方块字的高山，和由象形的方块字所组成的中国人的词语的崇山峻岭。否则，他将与这场游戏无关。否则，他将与这所有的历史和文化无关。否则，他将与这全部的刻骨铭心的生命体验无关。

在韩少功用二十八万字走出来的这一盘精彩的围棋的盘面上，单个独立的以单音节发音的、以象形性为根基的方块字，显示了一种无比自由的组合，和无比丰富的表意功能。它们每一个字也就是一个棋子，它们所组成的每一个词，又是一个新的开拓和变化。韩少功带着自己所加给它们的各种各样社会的、历史的、文化的、民俗的、政治的、小说的、诗歌的、寓言的、神话的意义,参加到这样一场后现代主义的游戏当中来的时候,竟然是如此的舒展自如,游刃有余。它们并没有因为马桥的偏僻穷困和落后,而在这场后现代主义的游戏中,也显得穷困和落后,也显得像是一个身无分文的乡下人。相反,它们竟是如此的生动感人,竟是如此的朝气蓬勃,充满着不可压抑的生命的力量。已经有专家证明了汉字并非像欧洲中心主义者宣称的那样,是一种落后的带着原始味道的文字。并且在以向电脑输入信息量的对比中,汉字已经表现出明显的优势。现在,韩少功又向我们证明了以象形的方块字来组织词语的汉字系统,在一场后现代式的文字游戏中竟然有如此不可思议的审美潜能。为此,我们应当感谢韩少功!

随着时间的推移,我们将会越来越清楚地看到《马桥词典》在语言自觉上的深远意义,和它必将呈现的经典性。

五

现在,我们也许可以回到文章的开头了。

不错,在有了这么多的主义,这么多的眼光,这么多的尺度,这么多的被不同的人所记忆的不同的历史之后,文学还能做些什么呢?文学存在的理由是什么呢?

因为,在有了这么多的主义,这么多的眼光,这么多的尺度,这么多的被不同的人所记录的不同的历史之后,还有人类的存在,还有人的存在。只要有生命存在一天,就会有不可停息的对于生命的体验和表达的渴望。尽管我们这颗星球已经不知被多少种真理涂染过多少回了,尽管我们知道当下这一次的涂染叫作"后现代主义",可我们也知道,这一次的涂染之后,生命之根还是要顽强地露出地面,它还要遇到另外的不知什么主义的涂染。不管有过多少次有过多少种"真理"企图把生命整齐划一,但是它们最终都没有能够做到。所有属于生命的最深刻的体验都是不可临摹和互换的。正是在这个意义上,中国人不是欧洲人,欧洲人不是美国人,非洲人不是美洲人,马桥人不是北京人或者广州人,帕维奇不是韩少功。正是在这个意义上,有限的眼光和尺度,将永远不能覆盖无数的作家和作品。正是在这个意义上,艺术和文学获得了永存的源泉和滋养。也正是在这五十亿生生不息的生命的厚土里,最终生长了又掩埋了一茬又一茬的"真理",最终生长了又传唱了一首又一首的咏叹的诗歌。

近几十年来,在欧美发端、壮大并最终影响波及全世界的后现代主义潮流,使我们再一次看到别人对于世界深刻的影响,和对于人类难以估量的贡献。越是理解了别人在方法论和价值观意义上,深刻、全面而又巨大的颠覆和重建,也就越是感到自己的贫乏和困顿;越是理解了后现代主义思潮本身就是一个歧义丛生,包含了许多截然相反的观点和结论的思潮,也就越是体验到自己精神处境和人生立场的复杂与艰难。这是所有虚无或自大的盾牌都不能掩饰的,这是我们焦灼不安的真实的生命体验。我们不得不再一次地接受那个旷日持久的煎熬。我们不得不一而再、再而三地接受"从别国里窃得火来,本意却在煮自己的肉"的命运。尽管这一次的煎熬,是一次双向的煎熬。可除了接受之外,我们并无别的选择。

只是这一个半世纪以来的,一次又一次的革命,一次又一次的流血,一次又一次的自毁自戕,使这场煎熬变得惨绝人寰般的酷烈。一百五十年,对于历史太短,对于生命却又是何其漫漫!当希望一次次地变成绝望,当绝望一次次地变成虚妄,我们又拿什么来慰藉生命?又"何以解忧"?又拿什么来慰藉一代又一代悲绝的心灵?每想到此,我就反复想起那个中国的古老神话,这个神话很短,它只有三十七个字:

> 夸父与日逐走,入日。渴欲得饮,饮于河渭,河渭不足,北饮大泽,未至,道渴而死。弃其杖,化为邓林。

这三十七个字,越过千年悠悠岁月朝我们走过来的时候,我们就会想起一个长长的没有走到"大泽"的"道渴而死"者的名单。康有为、梁启超、谭嗣同们死了,孙中山、黄兴、秋瑾们死了,李大钊、陈独秀、瞿秋白们死了,王国维、陈寅恪们死了,鲁迅死了,胡适死了,胡风、老舍、傅雷们死了,离我们最近的顾准也死了……总有一天,会轮到我们的。轮到我们,也还是"道渴而死"。

是的,还是"道渴而死"。我们不能欺骗自己,我们心里都知道去"大泽"的路正遥遥无期。在我们之后,还会有不知多少"道渴而死"者倒在去往"大泽"的路上。我们该把这三十七个字刻到石碑上,把这三十七个字刻在石碑的两面,把这石碑放在我们的心里——以悼念死者,以昭示来者。

是的,"未至,道渴而死"。这是我们的宿命。

我知道,在如今的中国,这样说,这样想,是注定要招来指责和嘲笑的,是注定要被泼污水的。那就接受这被指责、被嘲笑、被泼污水的宿命。

1997 年 1—2 月于太原寓所

永恒之舞,亘古之梦

——重读史铁生

昨天,是 2010 年的最后一天。今天,是 2011 年的第一天。

昨天凌晨,昼夜交替之际铁生去世了。遵照他本人生前的遗体捐赠意愿,铁生的肝脏当即移植给了别人。

今天拂晓醒来难以入睡,打开台灯写这篇文章的时候,窗外一片昏黑,夜幕还没有褪去,一线晨曦正在天边苏醒。冥冥之中,一切都好像是有谁在安排。就在这两天,拿到一本刚刚创刊的文学杂志,杂志的《经典重读》栏目选载的就是铁生的《我之舞》。所以,知道铁生去世的消息和经典重读几乎是同时发生的。此时此刻,重读二十四年前的夏天铁生写出来的《我之舞》,不由得陷入一种难以自拔的恍惚之中:这到底是二十四年前铁生写出来给别人看的小说呢? 还是二十四年前铁生就从容不迫地写好了自己的祭文? 有这篇《我之舞》放在那儿,再写什么都显得多嘴,都显得轻薄。

很多年前,在和一位朋友网上信件来往时提到铁生,他说,我辈还在和人对话,铁生早已经在和神对话了。重读二十四年前的《我之舞》,悲欣交集,恍惚震惊之余,对朋友的这句话可谓感念至深!

铁生是从来不避讳死这件事情的。听他闲聊说笑,看他行文表意,死是一个经常在不经意间就被提起的话题。甚至连死了以后怎么办丧事,埋在哪儿,穿什么衣服都被他白纸黑字地写出来。这样的文字读得多了,眼前就经常变幻出一个鲜明的形象——坐在轮椅上的史铁生倚在敞开的死亡大门上,一脸温柔宽厚的微笑,从容镇定地从那扇门里打量着生死两界。对于他来讲,已经死了的半条身子,用不着非要到阴曹地府才能找到,而活着的另一半,却又无时无刻、无微不至地充满了所有的欲望和想象。阴阳两界的游走,生死之间的置换,对于铁生来说不是虚构,而是一种每时每刻都摆脱不掉的最最真实的生存现状。这中间肉身和精神的煎熬不是局外人可以想象的。正是从这样一种刻骨铭心的真实存在出发,才有了史铁生所有催人泪下、大彻大悟的小说和散文。就像他自己说的:"从个人出发去追问普遍的人类困境。"

1986年前后,中国当代文坛的天幕上"先锋小说"骤然间群星璀璨,记忆之中,《我之舞》在当时并没有引起太多的注意。这篇小说并不复杂,讲述了十八、老孟、路、世启这四个人的一段没有结局的等待。这四个身体残缺、孤独无助的残疾人,在一个夏天,为了等待世启离家出走的老婆而走到一起了。最终,世启的老婆没有回来,四个人却在无意中见证了一对老夫妻的死,听到了他们灵魂的对话。这篇小说没有传统的情节和故事,抹去了所有写实性的社会背景和描述,充满了神奇和魔幻的场面,具有极强的舞台效果。现在,隔了二十四年的岁月回过头来重读,除了验证了这篇作品像所有的经典一样耐读之外,你还可以看到,这篇小说几乎涵括了史铁生以后创作的所有基本元素:那座荒凉古老而又生机勃勃的地坛,那个身披白裙行踪缥缈的姑娘,那些从天而降的对话和音乐,还有种种因为不同的残疾而被困在共同的孤独和无望中的生命;与此同时的,是生与死的追问,存在与虚无的考证,短暂和永恒的转换,幻灭和希望的交织……而当这一切看似抽象枯燥的形而上,和一群残缺不全的生命遭遇在一起的时候,当所有简单炽热的自由欲望,被囚禁在永远无法挣脱的无助和孤独的身体里的时候,充溢在史铁生小说里的悲情却由此升华出一种脱俗的大悲悯,一种超越生死的生命安置。在这个安置当中,悲伤被更为深刻的生死理解所舒缓,怜悯被一种舍生忘死的地久天长所召唤。

这就像史铁生在自己真实的生活当中所做到的一样,当我们说作为人的史铁生已经死了的时候,我们却又同时知道史铁生的肉身没有真死,史铁生的一部分正千真万确地和我们共同存在于这个世界上。当我们说作家史铁生死了的时候，我们却又分明看见《我之舞》在一本刚刚创刊的文学杂志上发表出来，分明看见史铁生一字一句地在"经典重读"中喜怒哀乐、思绪飞扬。一个彻悟了生死，看透了有无，了然了所有瞬间和永恒的人，用不着别人来操心他的"一路走好"。就像铁生在《我之舞》当中说的：

死，不过是一个辉煌的结束。同时是一个灿烂的开始。

永远只有现在，来生总是今生，是永恒之舞，是亘古之梦……

太阳一出来我就过了十八了。我妈说我是太阳出来时生的。

2011 年 1 月 1 日于北京

神话破灭之后的获得与悲哀

——读加缪

　　加缪先生的"局外人"默而索在最终拒绝了一切辩护,并最终拒绝了神甫拒绝了忏悔之后,他唯一的希望就是"为了把一切都做得完善,为了使我感到不那么孤独,我还希望处决我的那一天有很多人来观看,希望他们对我报以仇恨的喊叫声"。孤独的默而索坐在自己的死刑和冰凉透骨的冷漠之中,看透了法律,看透了宗教,看透了正义,看透了爱情、友谊、母爱,等等,一切传统而神圣的字眼儿;当人类社会种种神话的幕布在透骨的冷漠中被撕毁之后,那个只得到了孤独和死亡的主人公,所带给我们的震撼和猛醒,是所有被我们用旧并被我们习惯了的字眼都难以表达的。好像是为了印证加缪先生的预言,在他的《记事本》里刚刚写下了"1940 年 5 月小说《局外人》完稿",一个月之后,德国法西斯的军队就攻入法国本土,法国宣布投降。一场毁灭人类、毁灭文明的世界大战,在那片产生过科学与民主,产生过自由与人权,产生过最繁荣的经济,也产生过最多优越感的土地上爆发了,战争的炮火把所有的人类神话一扫而光,化为齑粉。加缪先生的"局外人"孤独地坐在阿尔及尔的死囚监狱里,冷漠地看着这一切。加缪先生把自己的主人公放在远离欧洲,远离"优越"而"文明"的"中心"阿尔及尔,除了意味深长的用心之外,你分明还能感到那一份冷漠和拒绝的斩钉截铁,以及这斩钉截铁的决绝所流露出来的坚守个人的勇气与尊严。——混迹于人云亦云的人群,和跨出人群独行于世,这不仅仅是一种不同生活的选择,更是一种对于人类自身的忧虑和思索,更是一种对生命能力的考验和表达。

我之所以喜欢加缪甚于萨特,就是因为当萨特的游击队员们去"选择"死亡的时候,在那选择的背后尽管隐晦,你还是能够感觉到一点古典的悲壮,你还是能看到一点对于传统的恋恋不舍,你还是能体会出一丝对于回到人群的渴望。而在加缪这里,他那把冷漠、锋利而又清醒的刀子,彻底割断了对于人类神话的最后一点幻想。我想加缪先生反复声明自己不是一个存在主义者,反复与存在主义划清界限的原因恐怕也正在于此。尽管他一再声明自己信奉的是以均衡节制为主要内容的古希腊哲学。

读着加缪的《局外人》,我不由得就会想到鲁迅先生写于1921 年的《阿 Q 正传》,不由得就会深深地惊讶这两位不同国籍、不同肤色、不同文化传统的作家,在对待人群、对待社会、对待种种流行"神话"的时候,竟有如此相同的透彻的冷漠和近乎绝望的批判。尽管加缪笔下的默而索清醒理智到了极点，而鲁迅笔下的阿Q麻木愚昧到了极点；尽管对于社会和人群，默而索的态度是拒绝加入拒绝合作，而阿Q是到处参加事事加入。但是，到头来他们得到的都是一样的死刑。阿Q临死前寄希望于人群的也正是大家的围观和豺狼一样的叫好声。尽管默而索面临的是一个被种种现成的传统神话约定死了的社会和人群，而阿Q所面临的是一个一切都在崩溃、一切都处于"革命"神话之下的社会和人群，但是，到头来他们都没能逃脱被"神话"所窒息、被"神话"所扼杀的结局。更为可悲的是，阿Q面临的革命"神话"，原不过是一场换了背景的旧戏，是他自己的误会和那个神话一起杀了自己。

我知道，作为一个中国人，当我这样对法国的读者们叙述"人类"或者"神话"的时候，由于决然不同的文化传统，我们对于这样的字眼儿，对于这样的"话语"有着完全不同的理解和定义。因为我们各有其完全不同的身处其间的"人群"。可我想不管是怎样的人群，那些真正意义上的艺术家，到头来总免不了走出人群的孤独与悲哀，总免不了在建立神话的狂喜和打碎神话的痛苦中，把生命之弦绷紧或是拉断。这原因不在于别的，只在于我们是人，我们只能是人，我们只好是人。黄种人，白种人，黑种人，红种人，都是人，我们只配做人，除此之外，我们一无所有。建立了一个神话，建立了一种理想，在我们获得喜悦的同时，我们也获得了对于自己的欺骗和遮蔽。打破一个神话，打破一种理想，在我们获得解放的同时，我们也无可逃避地被锁进孤独的囚室。我想，如果说有命运可言的话，这或许就是做一个"人"的永无可解的开始或结局。

在半个世纪前毅然决然地走出了人群的默而索先生，如今早已又落进了物质神话和商品神话的汪洋大海之中，今天的默而索先生又该如何呢？等待他的难道是再一次的死刑？抑或是娱乐至死的狂欢？

1994 年 11 月 21 日于家中

经久耐读的福克纳

　　世界上的知名作家很多,世界上的名著也很多。这两个"很多"加在一起能摆满许多许多的书架,能装满整座整座的图书馆。但在这些名著、名家之中能够历久不衰的就不多了。随着历史的演进,越是到近代这种名字就越少。不但少,连"名"的质量也在跟着下降。能和荷马史诗、《诗经》相比的根本没有;能和李白、但丁相比的也没有;能和莎士比亚、曹雪芹相比的还是没有。随着人类的进步和自觉,伟大和永恒渐渐离人而去,只把平凡和短暂留给了喧嚣、浮躁而又无可奈何的人们。永恒的太阳,神秘的月亮,在现代文明人的眼中,终于变成了两个单调乏味的按照死板的轨道旋转的星球。

　　好像要和人们作对似的,福克纳在这股机械文明遮天蔽日的尘土中,放进一块叫作约克纳帕塔法县的地方,据他自己说,那不过是一块"像邮票那样大小的故乡本土";为这块邮票大小的天

121

地,福克纳写出了整整十五部长篇小说,和许多杰出的中短篇小说。于是,约克纳帕塔法县作为一个光彩照人名声远扬的地名,被绘入世界文学的版图。于是,福克纳成为世界级的知名作家。

在那个名人名著的长长的队伍里,福克纳无疑是一位经受住了时间考验的经久耐读的作家。作为诺贝尔文学奖获得者,福克纳的头上有无数的赞词和花环,但和经久耐读四个字相比,其他的一切都算不了什么。面对着无情的时间的沙漠,福克纳的作品至今仍是一片生机盎然的绿洲。他的代表作《喧哗与骚动》《我弥留之际》都是六十多年前写出来的,现在读起来依然像是走进了一片葱茏的密林,无数的色彩、声音、气息、形体、幻觉扑面而来,正当你恍然不知所在、茫然不知所往的时候,忽然间,会在密不透风的枝叶间传来一条大河庄严深邃的流淌声。这声音是天地之间全部生命从容而有尊严的诉说。

我曾有幸去过福克纳的家乡,去过密西西比州的奥克福斯,那座白色的两层楼房幽深地藏在一百九十英亩的参天柏树林里。我是从纽约乘飞机到田纳西州的孟菲斯,然后再转乘汽车而来的。沿着高速公路一路南下,满眼都是南方坦荡起伏的绿野、森林、水泽、草地,悠闲的牛群,星散的木屋,荡荡清风温柔如梦,温柔如女人的情怀。刚刚从纽约的摩天大厦和万头攒动的闹市中走出来,忽然就觉得整个身心好像从一架无情的机器上解脱了,忽然就从那么多让人头昏的吵闹和争夺中,来到一个这么安详沉静的家乡。福克纳久居家乡，久居在这片辽阔的绿色中，召唤每一个灵魂，召唤所有的人都到他的家乡来，到他的"约克纳帕塔法"来。

因为有了福克纳，在南北战争中被打败的南方人，终于有了精神上的优越，因此终于可以鄙视北方人。然而事实上，正是福克纳对南方的守旧和种族歧视有着最无情的揭露和鞭挞。因为有了福克纳，在欧洲中心主义者的歧视中自卑地煎熬着的美国人，终于可以直起腰来大喊大叫一次了。然而事实上，福克纳的许多作品，还在他活着的时候就已经在美国绝版了；崇尚机器和商品的美国在对福克纳无可救药的忽视中，暴露了自己致命的短视和浅薄。福克纳的雷声恰恰是在欧洲打响了以后，才被美国人听到的。不错，福克纳是属于南方的，如果没有南方的草原、森林、河流，没有南方的古老传说和歌谣，就没有福克纳；福克纳也是属于美国的，如果不是福克纳，人们也许就永远不会发现，在那块被拜金主义和浅薄的好莱坞风格淹没的新大陆上，却还有一块可以安放人类灵魂和情感的净土。

幸亏美国不仅仅给世界制造了最多的机器和商品，而且也给世界奉献了一个福克纳，美国因此才显出了它的伟大。不管你是谁，不管你是什么样的肤色，不管你有什么不同的文化传统，不管你来自多么遥远的国家，你都可以跟着福克纳走进他的约克纳帕塔法县，走进那片密西西比河岸边的心灵的家乡故土，徜徉徘徊，流连忘返。

　　作为一个文体创新的大师，在古今中外的文学史上福克纳都是举世罕匹的。福克纳的文学创作终其一生，都在不断变化的追求之中。他的这种追求曾经经历了相当长时间的寂寞和孤独——是那种真正的无人理睬、无人知晓的寂寞和孤独。但是，一朝成名，所有的花环所有的灯光就都堆到了福克纳的头顶上。对此，福克纳表示了无比的厌烦和坚决的回避。他懒于参加各种文学集会，他的理由是："我不是文人，我是个农民。"美国总统肯尼迪邀请他去白宫参加宴会，福克纳回信说："为了吃饭去白宫实在太远了。我年迈体衰，不能长途跋涉去和陌生人一起吃饭。"表面看来，这些举动近乎怪癖，近乎一种自我标榜的狂妄。但是，只要你看过福克纳的作品，只要你在他故事中稍稍沉浸到深处，你就会发现，福克纳是怎样一往情深地挚爱着家乡的净土。对这片净土些微的扰乱和破坏，都会让福克纳痛心疾首，忧虑如焚。

　　福克纳在诺贝尔文学奖授奖演说中讲道："人是不朽的，并非因为在生物中唯独他留有绵延不绝的声音，而是因为人有灵魂，有能够怜悯、牺牲和耐劳的精神。诗人和作家的职责就在于写出这些东西。他的特殊的光荣就是振奋人心，提醒人们记住勇气、荣誉、希望、自豪、同情、怜悯之心和牺牲精神，这些是人类昔日的荣耀。"

　　最创新也最先锋的福克纳，却把自己的生命之根深深地扎进人类悠久的传统之中。这并非因为他守旧，而是因为他深深地懂得今天和明天是从昨天而来。未来的太阳是从昨天升起来的，而不是从我们自以为可以指定的什么地方升起来。

1993 年 6 月 22 日于太原

"我初次看到一个人"

——再读《白痴》

　　一本写于一百四十年前的大部头小说,至今仍然在世界各地再版印刷,至今仍然被许多不同文化背景的人阅读,不用说,它肯定是经典,因为有时间做证,因为有那么多反复的阅读做证。

　　但是,我的阅读经历告诉我,一个现代人要想进入一百四十年前的经典,还是要克服许多的障碍,比如,你必须接受它从头到尾的"话剧腔"——所有的人物对白都一律是用舞台上的朗诵腔调进行的,甚至连人物的出现都是典型的剧场模式,都是在敲门声或者吵嚷声之后才登场。再比如,你必须接受它近乎发热病式的爱情至上主义,或者说爱情原教旨主义——无论是流氓恶棍、老奸巨猾、赤子圣徒,还是无邪少女,只要一提到爱情,只要一接近爱情,理智全部崩溃,行为全部昏乱,那个占据了爱情中心位置的绝代美女,有近乎神迹般的魔力,让所有的人围着她打转,神魂颠倒,一掷千金,痛哭流涕,九死不悔。还比如,也是最为困难的,你必须接受小说作者和他笔下所有人物毫无节制、随时随地的思想道德辩论会,更糟糕的是这些辩论无论观点多么水火不容、黑白对立,却都是一种对于人和历史的本质主义的判断,都被归结为一种宗教立场的选择和背叛。等等,等等。

不用说,连我自己也问,那你还读它干什么?难道是你有病?难道你自己也是个"白痴"?或者,这个问题可以转换为:一个现代人,一个坐在电脑桌前,靠点击鼠标联系世界、娱乐自己的现代人,到底能够从《白痴》这样的作品里得到什么?

陀思妥耶夫斯基在小说里借人物之口,把自己身处的时代称作"罪恶和铁路的时代",而《白痴》就是对这个"罪恶和铁路的时代"的灵魂审判。由于审判的严酷和锋利,由于审判的毫不妥协和直指人心,陀思妥耶夫斯基曾被同代人称作"残酷的天才"。陀思妥耶夫斯基生于 1821 年,死于 1881 年。陀思妥耶夫斯基绝不会想到,在他死后不久,人类依靠铁路和罪恶打了两次最为血腥的世界大战,那种空前的血腥和残酷使得人们必须对"罪恶"重新定义。陀思妥耶夫斯基更不会想到,一百多年之后,作为现代科技和资本力量象征的铁路网,早已经被以光速运转的"国际信息网"所代替,如今的人们坐在恐怖主义和精确制导炸弹造成的废墟边上,在全球变暖的魔鬼气候中,进入了娱乐和网络的时代。之所以把罪恶变成了娱乐,不是罪恶消失了,而是网络和现代视听技术把罪恶变成了"整点新闻",变成了现代人早餐前或晚餐后娱乐的一部分。事实告诉我们，不管陀思妥耶夫斯基的审判有多么残酷，这审判对于人的罪恶甚至不能削减半分。这会引出又一个难题：既然如此，文学存在的理由是什么？

在我看来，上面这两个问题可以看作是对一切文学的考验和追问。而经典之所以成为经典，就是因为它们能够历久不衰地经受追问和考验。

陀思妥耶夫斯基创作《白痴》的时间（1867—1868），正是俄罗斯传统的农奴制解体后，面临着向现代转型的巨变时期。那时候，"俄罗斯先进的文学界提出了创造正面人物形象的口号"，车尔尼雪夫斯基的《怎么办？》、托尔斯泰的《战争与和平》都是企图"解决创造文学中正面形象的任务"。《怎么办？》里真正的主角"拉赫美托夫是一位坚贞不屈和充满毅力的职业革命家，他经过千锤百炼，决心为争取革命的胜利而忍受一切考验。车尔尼雪夫斯基就用这个形象表现了 19 世纪 60 年代平民革命家的美好理想"。车尔尼雪夫斯基宣称，他笔下的其他几个"新一代的平常的正派人"不过是"简单、平常的房子而已"，他要塑造的是宫殿，"是英雄，是具有崇高品质的人"，"是要达到艺术性的最主要、最根本的要求"。为此，他的拉赫美托夫游历天下，助人为乐，"不喝一点酒，不接触女人"，"过着斯巴达式的生活"，甚至为了锻炼自己的意志，专门睡在用铁钉做成的针毡上，扎得自己满身是血。在普通人眼里那是一个"被一道灵光环绕着"的超人。尽管有沙皇审查官的百般查禁,在流放、监狱和绝食之中完成的《怎么办?》,于1863年发表之后立刻风行一时,成为俄国无数革命青年的教科书。据当事人回忆,列宁对这部书极为推崇,他宣称"它使我整个的人生来了一次深刻的转变……这种作品能使人一辈子精神饱满"。

陀思妥耶夫斯基曾经在给自己侄女的信中说明《白痴》的构思,他写道:"这部长篇小说的主要思想是描写正面的优秀人物。世界上再没有比这更困难的事情,特别是现在。一切作家——不仅是我国的作家,就连所有的欧洲作家都算在内,只要描写正面的优秀人物,就总是会自认失败的。其所以如此,就是因为这个任务过大了。优秀人物是一个理想,可是,不论在我国,或是在文化发达的欧洲,都还远远没有塑造出这个理想。"这样看来,用一种"正确的理论"来指导文学创作,压根就不是什么新事物,原本就是老生常谈。理论家们总以为自己可以为文学指出一条光辉大道,总是希望把文学关在理论的围墙里才放心。天才如陀思妥耶夫斯基,也还是不能免俗,还是不能逃开时代思潮对自己的限定和影响,他在理性上希望自己能"描写正面的优秀人物",他原本也是打算把自己的小说关在理论和理性的围墙之内的。

《白痴》问世之后在引起轰动和赞誉的同时,也引起了广泛的批评。许多左翼的"进步"文学家、评论家纷纷指责陀思妥耶夫斯基对社会主义的反对,指责他以宗教的精神鸦片毒害人民,宣扬放弃反抗、放弃革命,宣扬忍耐和顺从。他们尤其不能容忍的是陀思妥耶夫斯基虚无主义、自我矛盾的世界观,和他对于人的毫无信心的悲观立场。他们需要和欣赏的是拉赫美托夫那样的"坚贞不屈和充满毅力的职业革命家"。革命领袖列宁对此的激烈批评——"对最拙劣的陀思妥耶夫斯基最拙劣的模仿",更是从社会主义革命的意识形态立场上清算了作家。

这么说来,追问和考验从一百多年前就开始了。时间是个好东西。时间除了能完成对人间万物无动于衷、概莫能外的淘汰之外,还能让一时一事的是非善恶变得无足轻重,让原本模糊不清、一文不值的东西大放异彩。

看过《怎么办?》之后,最强烈的第一感觉就是:这本书只能充当资料了,起码不必再把它当作文学作品来阅读,它主题明确逻辑严密,像推演数学公式一样推演出爱情抉择和社会改革,推演出新人的神圣形象,并对一切难题给出了明确的答复和解决方案。读了《怎么办?》,你就知道了"这样做"。作者的意图十分明确,一个给出了答案的"怎么办?",容不得"敏感的男读者"或女读者再多想什么。因为它一百多年前就把自己界限分明地关在理性和理论的围墙之内了。一本小说不再能进入人的感情,不再能引出人的联想,这本书就死了,最多具有资料价值,最多可以当作文物。可文学不是文字资料,文学是人类用文字记录自己生命体验和想象力的一种本能,从这种本能出发而产生的文学作品最为独特的价值就在于,它们可以历久不衰地进入人的情感和精神。当然,提到"本能",立刻就可以弄出无数条"解构主义"的"颠覆性"的疑问来。比如立刻就可以发问:一个用文字记录生命体验和想象力的人,还有"本能"可言吗?使用不同语言文字的人会有相同的本能吗?等等。限于篇幅我不能为此多费笔墨,但是,看看《白痴》或许会得到一个很好的说明。

我们已经看到,陀思妥耶夫斯基最初的本意是要按照当时流行的理论来进行创作的,他一心想要完成的是连"文化发达的欧洲,都还远远没有塑造出这个理想"。陀思妥耶夫斯基竭尽全力塑造出他理想的"正面优秀人物"梅斯金公爵。梅斯金公爵由于患有癫痫病从小离开祖国,在瑞士一个封闭偏远的山村长大,这样的隔绝让他身上有一种超凡越俗的孩童般的天真,就像他自称的那样,"完全是一个孩子,简直就是一个婴儿"。这个不食人间烟火的纯真的孩子,却有着圣徒般的胸怀,他以不避利害、不求回报的怜悯心对待世界,对待一切人,甚至同样对待伤害自己的人。人人锱铢必较、梦寐以求的金钱,在他身上却是可有可无的东西,他像个散财童子一样把自己的卢布分给所有想得到的人。他念念不忘的事情就是想用自己的爱、用自己的献身搭救被男人们欺辱的娜斯泰谢·费里帕夫娜,那简直就是一场舍身饲虎的争夺。梅斯金公爵唯一可以称作私心的,就是他对美丽忘我的追求。身无分文的时候他对美一见钟情,家财万贯的时候他对美一往情深。可就是这样一位圣徒般的赤子,这样一个最优秀的"正面人物",在这个羊狠狼贪的龌龊的世界上终于还是一事无成,他不但搭救不了任何一个别人,他甚至连自己也保护不了。小说的结局打破了作者本人原来的构思,以梅斯金公爵彻底的失败而告终,他最后的行为就是像傻子一样守在恋人的尸体旁酣然入睡。小说的结尾,梅斯金公爵离开俄罗斯,又回到欧洲的疯人院成为彻底的白痴———一个只能回到疯人院的白痴的理想,只能是一场最为彻底的失败和幻灭。在这里,我们看到作家的创作激情和本能,让他最终冲破了理论的围墙。就像滔滔洪水只有冲破既定的河道,才能产生让人无比惊奇的意外,才会带来洋洋大观。也正因为如此,一百四十年后,当时的理论争端无人问津,《白痴》却被人世世代代反复阅读。

所谓苍天弄人,仿佛只是一转眼,在一百多年前的那些争论之后,在陀思妥耶夫斯基和车尔尼雪夫斯基魂牵梦绕的俄罗斯,"苏维埃社会主义联邦共和国"在世人面前轰然解体,那个允诺了要给予人们物质和精神最大自由、最大幸福的地上天国,那个坚信自己在肉体和精神、个人和社会、人性和历史的终极目标之间,彻底完成了统一、全面和自由发展的地上天国,一夜之间倒塌在地,摔碎成一片瓦砾。真不知这片触目惊心的瓦砾,又埋葬了多少失败、幻灭的"白痴"。让人感慨和悲哀的是,这一次历史的轮回,是让当初批判陀思妥耶夫斯基的坚信者们变成了白痴。正所谓"只恨同时不相识，几回掩卷哭曹侯"。我们看到，文学竟然以这样的方式超越了历史，显示出它不可替代的价值。我们看到，正是从虚无、矛盾和无尽的怀疑中，生长出了理论难以概括的丰富；也正是从犹豫、恐惧和舍身忘我的悲悯中，生长出了深厚无比的人道情怀，让文学超越了一时一事的历史是非和道德判断，也让文学超越了作家自己。

陀思妥耶夫斯基在他的小说里猛烈抨击金钱所带来的普遍的道德沦丧，态度之决绝几乎是在和历史作对，他宣称"现代的人全是冒险家……不择一切手段获得金钱"，"个个都充满贪婪的心肠，他们为金钱而神魂颠倒，好像发了疯一般！连一个婴儿都想去放印子钱"。这是陀思妥耶夫斯基对那个"罪恶和铁路的时代"发出的抗议。他当然无法看到，我们这些生活在娱乐和网络时代的人有些什么样的麻烦。他更不可能看到权力和金钱的双重专制，在中国制造出了什么样的现代人。在这样的双重专制下，人们被专制权力剥夺、压迫的痛苦和恐惧，又被金钱引导安置在消费和娱乐的幸福当中。于是，他也不会料到，没有心肝的娱乐和消费成为这个时代最大的欲望和时尚。你越是像一个精神侏儒，你越是毫无心肝得像一个白痴，你在这个时代就生活得越幸福。这是一个需要批量化大规模产生白痴的时代，这是一个需要在全世界范围内以全球化的方式制造白痴，并且满足白痴消费幸福的时代。已经又有保守的右派理论家急着出来宣布，历史将终结在这个时代。

陀思妥耶夫斯基在《白痴》第一部的结尾处，就把自己的故事推向了高潮。那位美艳夺魂的娜斯泰谢·费里帕夫娜，同时又是一个被富商包养的情妇，一个从小就饱尝了欺凌和损害的孤儿。在这个高潮中，那些贪婪而又各怀鬼胎的男人，企图用金钱收买娜斯泰谢·费里帕夫娜的美丽，同时也收买她全部的尊严、幸福和命运。为此，利令智昏的富商阔少罗果静，竟然拿出整整十万卢布，要从另一个男人的手中买下和娜斯泰谢·费里帕夫娜结婚的权利。在这场对于"美丽"的现场竞拍当中，忽然知道自己意外获得百万遗产的梅斯金公爵宣称，"我想娶的您是纯洁的女人"，"您同意嫁给我，我认为这是一种光荣。这就是您给我体面，而不是我给您体面"。梅斯金公爵的求婚，是一个同时超越了金钱和美丽的非凡之举，是一个世俗的尺度无法衡量的道德行为。这样的行为，这样无条件的爱心，在那个像闹剧一样的拍卖会上，自然引出了人们无情的嘲笑，自然要被人们看作一个白痴丧失理智的癫狂。正当人们为了金钱而发疯的时候，这部小说的女主角娜斯泰谢·费里帕夫娜，当着所有人的面，准确地说是当着所有钱奴的面，把整整十万卢布扔进熊熊的炉火当中。这个壮举让娜斯泰谢·费里帕夫娜变得像一尊悲愤的女神，她看穿了人间的虚伪和丑恶，毅然决定独自一人承担命运，跟随罗果静而去。她用刻毒的嘲笑向所有体面的绅士告别之后，却给梅斯金公爵留下一句绝望的赞美："再见吧，公爵，我初次看到一个人！"

在我看来，无论是"罪恶和铁路的时代"，还是"娱乐和网络的时代"，人们都无法回避、也无法掩盖这样的"一个人"。不错，千百年来古今中外的人类历史中，从来没有一天停止过罪恶。千百年来古今中外所有的经典艺术，也从来没减少或阻止过哪怕一丝一毫的罪恶发生。可是，正是这些经典的存在，让人们知道还可能有这样的"一个人"，也正是这些经典在向人们证明着生命被剥夺、被扭曲的痛苦，在向人们证明着"一个人"本该享有的自由和幸福。

"经典"这两个字不是叫人跪下来膜拜的，也不是把人引向封闭和窒息的；"经典"是把人引向开放和生长，引向历史限定之外的无限可能性。

2007 年 3 月 8 日写，10 日改定于草莽屋

闻香知世界

    大约十年前吧,忽然听理论家们说"作者死了"。据说宣布"作者死了"的大理论家是法国人罗兰·巴特。于是过了一段时间,就把他晚年的代表作《一个解构主义的文本》(上海人民出版社 1996 年 5 月第 1 版,也有译为《爱情絮语》)买来读。据译者汪耀进先生介绍,1975 年罗兰·巴特在巴黎高等师范学院的研讨班上,带领学生"拆解语言",研究"情话,恋人的絮语——独自的特性",选择拆解的文本对象就是歌德大名鼎鼎的《少年维特之烦恼》。这场研讨溢出原来的设想,最终产生了这部反小说、反爱情、反传统叙述、反对一切"爱情哲学"和"思想体系"的《一个解构主义的文本》。在这个崭新的文本里,传统小说的核心要素——中心人物和故事情节被彻底抛弃,整本书只有一些关于情爱的自白、联想、描述、论证、比喻,而且只有只言片语。"可读性"被弃之不顾,"可写性"被推向中心。为了避免独角戏的尴尬和自我印证的逻辑缺陷,读者也就必须被强迫推上前台,读者的想象和参与就成为文本确立的必然条件。罗兰·巴特把最经典的传统文学作家歌德,摆到自己语言实验的手术台上大动刀戈。他的开创性和巨大的挑战性不言而喻。作为最先锋、最彻底的解构主义经典文本,此书1977年在法国问世后,"立即风靡西方文坛,成了罕见的畅销书,被译为多种文字,并被搬上舞台"。

既然读者变得如此重要,既然是"我注六经",那么读者国籍和文化背景的不同,不但不应该成为障碍,似乎更应该是丰富文本的应有前提。更何况,在罗兰·巴特不厌其烦地引经据典的行文中,不时还要露出一两句禅宗的偈语棒喝。应当承认,罗兰·巴特常有妙语和洞见。但这些妙语和洞见总是笼罩在理性和知识的影子里,让人觉得隔了一层什么东西。尽管罗兰·巴特一再强调的是对于传统叙事方式、传统理性判断和传统权威的挑战,强调的是对于稍纵即逝的恋人絮语的捕捉。可是,在"参与"了罗兰·巴特的"文本"以后我有一个强烈的感觉,就好像一顿饭吃完之后,咽下去的都不是真正的饭菜,而是一堆饭菜的模型;就好像进了公园以后看见的不是活生生的花草动物,而是许多花草动物的标本。他那个到处通风的"文互涉关系"的网络是对于任何终极意义的颠覆,他那些语词的碎片要完成的是"无限放纵的能指"和"无限后移的所指"的语言游戏。在这场无所指定又言说一切的游戏里,是用不着动感情,也和所有的是非善恶无关的。有位朋友曾经一针见血地把这叫作"有脑无心,有真无善"。

　　但是——你千万不要忽略了这个"但是"——作为"萨特之后法国知识界最有影响的怪杰,蒙田之后最富才华的散文家",作为"符号学,精神分析批评,释义学,解构主义"诸多领域的大师,罗兰·巴特所拥有的那个知识者的绝对优势地位,是让所有的读者都望尘莫及的,是让所有还有幸能"不死"的读者都必须高高仰视的。于是,在读了《一个解构主义的文本》之后,终于弄明白了一件事情:罗兰·巴特想说的是别的作者都死了,他这个作者还活着。能有幸"不死"的芸芸众生,除了毕恭毕敬地捧读天书,亦步亦趋地随"文本"起舞,哪还敢再说半个不字? 当年罗兰·巴特为"新小说"辩护时曾经宣称:只有不可卒读才体现了文学的最终目的。可惜的是,在罗兰·巴特们的理论指导下的法国新小说确实露出了死相,苍白枯竭,无人问津,而且后继无人。被作者强拉进文本的读者们,在玩过游戏之后忽作鸟兽散。自从加缪、萨特死后,法国文学日渐式微,日益变成圈子里的游戏,日益变成高雅者们高雅的自我印证,生命的感觉日益淹没在形而上的死水里。尽管知识精英比封建贵族更快地建立起新的等级,可这新等级也很快让人望而生畏,就连西蒙获得了诺贝尔文学奖也没能挽回这个颓势。捷克人米兰·昆德拉的加盟只能看作是一个特例。即便如此,昆德拉晚年以来的创作,也还是越来越趋向于这股形而上的理性至上的渠道。也许兴衰更替真的是一种不由人的命定。当福柯、德里达、布尔迪厄们在当今世界如日中天的时候,法国本土的文学让人看到的却常常是一些辉煌的背影。

在此之前不久,我读到过朱天心寄送的《香水》(台湾皇冠文学出版社,1994年11月第8版)。很显然,发表于1985年的《香水》没有遵从罗兰·巴特的理论。这是一本纯粹地道的关于法国的小说,因为小说描写的对象是巴黎人引以为豪的香水。这也是一本纯粹讲故事的小说,气味鬼才、香水大师葛奴乙传奇短暂的一生,让这本出神入化的当代小说充满了出人意料的神奇。在这本小说里,巴尔扎克式的细密扎实的真实描述,和《一千零一夜》式的神话奇迹绝妙地糅合成一体,作者以一种宗教式的隐喻讲述了一个杜撰的神话。按说无论巴尔扎克还是《一千零一夜》,早就是传统中的传统、古典中的古典了,可是当作者把这"两旧"相加,混合调配,再和无微不至的嗅觉放在一起的时候,所产生出来的新意简直匪夷所思,真的就像一瓶打开的香水,飘散、游离、变幻,既动人心魄又无微不至。它所表达出来的丰富性和深刻性,不是任何一个新或者旧的理论可以界定的。再加上黄有德先生简练控制的译笔,有一种绝佳的说书人的神韵,让我一口气读完了这本关于味道和香水的小说。

在杀鱼台的血腥和臭味里出生的葛奴乙,刚一落地就被母亲抛弃,这个天生驼背面目卑琐的弃儿,像一只肮脏的小动物从来不被人看重,在巴黎的大街小巷经历了人间所有的饥寒交迫、欺辱压榨。终有一天,这个香水天才脱离了虎口,挣脱了臭气熏天的巴黎,又在荒山野岭经历了一次脱胎换骨的再生。此后,这个重新回到人间的天才,用他的香水征服了一座又一座城市,征服了所有的女人和男人。葛奴乙技艺日渐精湛,产品出神入化。最后,为了登峰造极,葛奴乙竟然捕杀少女,以不可思议的"冷淬法"从少女们的身体上萃取奇香。在一连串骇人听闻的凶杀之后,葛奴乙终于被捕入狱。可是,人类的善恶和法律都无法审判这个"超人"。葛奴乙的香水在即将行刑的绞架下面,迷狂了刽子手,迷狂了主教和法官,迷狂了所有被害者的父母,迷狂了所有来观看恶魔死刑的人,所有人都跪倒在魔鬼的脚下祈祷欢呼,痛哭流涕。接着,在激动和抽搐的迷乱中,发生了一场打破等级、打破年龄、打破一切人伦的性交狂欢节。杀人犯葛奴乙在狂乱的人群中坦然离去。在奇迹被验证之后,葛奴乙又回到巴黎。就在他的出生地,这个融天才、魔鬼于一身的葛奴乙,终于因为身上奇异的香味而被一群流浪者分而食之:

> 这群吃人肉的人,吃完后聚在营火旁,没有出声说话……都有点不好意思,谁也不敢看谁。他们每一个,男男女女,多少都干过谋杀或什么下流的罪行,也因此多少受过良心的谴责……可是,后来还是壮起胆,起先是偷偷地,然后是率性直视,他们忍不住微笑,自豪极了,有生以来第一次,

因为爱，他们做了某件事情。

读到这个结尾，看到这场充满了反讽意味的最后的审判，一种说不出的惊醒和恐惧，让我久久难以平息……

难怪厄普代克称赞它是"以气味重构的世界"，是"迷人的致命一击"。此书出版后很快在德国售出四十万本，被连续翻译成二十七种文字在世界各地出版。这个叫派屈克·徐四金（Patrick Suskind）的德国人，这个不遵照任何理论的写作者，居然以如此出人意料的德国文字给巴黎人、给法国香水，赋予了如此不可思议的生命力。那个被知识者们用知识和理性所搭建起来的高雅的形而上的等级阶梯，徐四金根本就弃之不顾。徐四金一头扎进最直接的生命感觉，在十几万字环环紧扣的叙述中，敏锐犀利的嗅觉描述，一直是整部作品从头到尾的叙述动力。

作为经历了希特勒时代的德国人，派屈克·徐四金笔下的这个为香水而迷狂的世界，让我这个经历过"文化大革命"的中国人，有太多刻骨铭心的联想。所谓醍醐灌顶，所谓浮想联翩，所谓栩栩如生，在这样的阅读里会得到反复的鲜活印证。想一想也真是奇特，这个没有理论界桩的故事，这种所有的理论和网上的画面都无法表达的味觉，却给予了徐四金如此自由、如此宽广的书写天地。当死了的理论和死了的作者一起干枯萎落的时候，徐四金却给了我们一片如此蓬勃恣意的森林。反倒是在这片森林里，形而上的精神意味和形而下的直观体验都显得生机勃勃。谁也料想不到,生命的体验加上想象力会带给我们什么样的惊喜。

这让我想起一句借来的话:理论是灰色的,而生命之树常青。

2003 年 12 月 2 日写

2004 年 1 月 5 日改定于太原

迷人的真相

在看到这本书之前，我一直以为耶稣不是一个真人，多半是一个宗教神话，和释迦牟尼有些相仿，他们的出生就已经是一个神话。所有的彻悟，所有的洞察，所有的神迹，所有的宣告和箴言，所有的悲悯和拯救，都是从这个最初的神话开始的。而神话总是飘浮在半空里的东西，总有些渺不可及。

可是，在看过《耶稣的真实王朝》（江苏人民出版社，2008年10月第1版）之后，内心深处这个多年以来的判断被彻底打破了。

本书的作者詹姆斯·泰伯先生（James.D.Tabor）是研究《死海古卷》和基督教起源的著名专家，他在书里详细描述了1980年在耶路撒冷旧城南区意外发现的公元1世纪石凿犹太式古墓——陶比奥古墓和古墓里的十具石棺。在取得了一系列的遗骨DNA（脱氧核糖核酸）测验对比和石棺风化特征的检测证据，在对石棺上的凿刻人名进行研究和数学概率的推算之后,他推断发现的就是耶稣家族墓:"陶比奥墓中安放第一年入葬遗体的架子是完好无损的。耶稣安葬后的四十年里陆续有他的亲人葬进来。我认为,发现这座墓,耶稣王朝的墓,是我在本书中所说的这个故事的了不得的动人见证。我也认为,我说的这个故事仍有能力改变这个世界。"

在讲述对陶比奥古墓丝丝入扣的考察、发掘的同时,作者还对大量的基督教史料、众多的基督教人物和不同的圣经版本也做了一番精心的考察、搜寻、整理,所谓筚路蓝缕,但迥然不同的是,原本枯燥烦琐至极的考证,在詹姆斯·泰伯先生手下却生发出一幅幅壮阔、迷人的画卷。在绵密扎实的考证功夫之上爆发出来的断语,如电闪雷鸣一般撼动人心。作者告诉我们:除了耶稣而外,同葬于这座古墓的还有耶稣的父亲、母亲、兄弟、妻子,甚至还有儿子。作者又告诉我们:耶稣是大卫王室的后裔,是犹太教悠久源头中的最重要的领袖之一,在施洗者约翰被罗马帝国治下的希律王杀害之后,耶稣以大无畏的勇气高举起弥赛亚运动的旗帜,继续传播亚伯拉罕的信仰,"愿你的国降临。愿你的旨意行在地上,如同行在天上"。为了拯救和信仰而来到人间的一位神,就此却有了和所有凡人一样的血脉传承。我相信会有许多人不同意作者的结论,更有许多人会从捍卫基督教义的纯正和神圣出发而断定此人的大逆不道。而以我对基督教的浅薄了解是无法判定作者对于基督教历史渊源的考证是否全面,更无法判断是否因为圣徒保罗对基督教的巨大变革就此淹没了耶稣作为历史真实的一面。但是,当被湮没的历史真实重新打捞起来,当被遗忘的原始故事重新讲起的时候,我却无法回避那些毋庸置疑的真相,更无法抑制被这些古老的真实所唤起的激情和迷恋。两千年的岁月非但没有让这些真相枯萎,反而让它们霞光满天。

眼见一个人在考古学和文献学深厚的事实背后,把耶稣从十字架上还原成为真实的人,眼见他一丝一缕地剥开神话和历史的封尘,让两千年前真实的耶稣和他的家人一起鲜活地出现在面前,你不由得会想起两个字——奇迹。如今,奇迹就这样活生生地发生在你眼前,让你目瞪口呆。这个真实的奇迹,甚至胜过了所有的神话,它让耶稣的悲悯和拯救生根在如你我一样的血肉之躯上,而不是飘浮在神迹的半空里。

尽管我自己并非教徒,尽管我不敢轻言那些神坛上的信仰,可也还是被这个眼前的真实深深地打动。就像一间封闭的黑屋子忽然被掀开了屋顶,原来暗影重重模糊不清的一切,突然间毫发毕现、无比清晰。光芒万丈之下,你才知道原来真相竟会让人如此震撼。我很少有这样的阅读感受——从内心深处庆幸自己能和这本书相遇。

当然,感动了我的不仅仅是在这本书里看到了闻所未闻的事实,或许更是作者的虔诚,更是作者和历史的神遇。鲜活的事实终归是要被岁月的风尘吸干、湮没的。只有虔诚者的眼睛才能在匪夷所思的意外中，在白驹过隙的一瞬间，在抽丝剥茧、洗髓易骨的劳顿中和历史神遇。就像詹姆斯·泰伯先生自己所亲历的那样：

这时候我们两人都觉得（根据已知的各种信息看来），这里颇有可能是拿撒勒的耶稣的最后安葬之地。起初我们非常兴奋地谈论起墓里的各项细节。过了几分钟，我们被自己的情绪感染，两个人都沉默了。墓室里弥漫着诡异的寂静，我们虽未说话，但我知道彼此都意识到对方在想什么。那真是我这辈子一个最奇特的时刻。

看了这本书，你就能和詹姆斯·泰伯先生一起分享这个"最奇特的时刻"。

2010 年 7 月 3 日于北京新居

走廊里的肖像

——读《我的老师高本汉》

经过多年的写作和翻译,马悦然教授的《我的老师高本汉》中文版终于出版了,译者是著名的翻译家李之义先生。看完这部三百多页的传记,我不由得想起另外一本书。

二十多年前,我在一大摊减价处理的书堆里翻出一本叫作《庚子西狩丛谈》的旧书,繁体字,竖排版,记忆中毛笔手写的馆阁体书名,和那个又黄又黑的旧封面很相衬。书是口述记录,口述者叫吴永,曾任直隶省延庆州怀来县知县,是当年打败太平军救了大清朝的功臣曾国藩的孙女婿。吴永讲述的是清光绪二十六年(1900 年),义和团"反洋扶清"失败,八国联军攻陷北京,慈禧太后携光绪皇帝仓皇出逃的亲身经历。当年救了大清朝廷,一心盼着大清朝中兴的曾国藩绝不会想到,有一天自己的孙女婿有幸面见龙颜的时候,当今皇上和太后竟然是一副村夫村妇的装束,为了讨一碗粥吃而哭得泪水涟涟。吴永因为迎驾服侍有功,深得慈禧太后的赏识和信任,从怀来县一路随扈西行,这本书记录的就是他西行路上的种种亲历亲见。看了这本书,我才知道在被人可耻地打败逃跑的时候,还可以更可耻地把逃跑叫作"西狩"。

"西狩"的大清朝廷一直向西,"狩"到了西安,才心惊肉跳地定住神喘过一口气来。此后,打了败仗的大清国,只好在列强的枪口之下,被迫签订屈辱的《辛丑条约》,赔款四亿五千万两白银,才算把"庚子之乱"摆平。痛定思痛,垂帘听政独揽大权的慈禧太后终于明白,祖宗的旧制、旧法是救不了命的,刀枪不入的义和团也是救不了命的。尽管十分不情愿,尽管此前她囚禁了力图变法的光绪皇帝,杀了戊戌变法的六君子,到头来,慈禧太后被逼无奈还是只好走上革新变法的路,于是才有了兴新学、废科举、办实业、修铁路、开银行及讨论君主立宪等等一系列变革举措。于是,才有了山西大学堂,才有了一个二十二岁的瑞典人跨洋越海万里迢迢来到山西,开始了对中国北方方言的调查,并从此走向了他学术生涯的里程碑——《中国音韵学研究》。中国有句古训:造化弄人。历史的原因和结果常常会南辕北辙,出人意料得让你目瞪口呆。

在山西大学文学院主楼的走廊里,挂着一排大幅的肖像照片,照片上的人物都是自山西大学创建以来,在中文系曾经任教的著名学者,都是些高山仰止的人物:张籁,郭象如,黄侃,李亮工,常赞春……因为时间久远,许多照片边际模糊,黑白两色也早已褪变成陈旧的灰黄。在这一排中国宿儒的肖像里，有一个洋人分外显眼，照片下边有几句简洁的注语：

> 高本汉（1889—1978），瑞典人，国际著名汉学家，曾任山
> 西大学堂中斋语言学教习，著有《中国音韵学研究》等专著十
> 余种。

在这不到五十个字的注解里面，"山西大学堂中斋语言学教习"这句话，如果不做一点解释，现在的人看了会不大明白。

山西大学创建于 1902 年，创建之初叫作山西大学堂，与京师大学堂、北洋大学堂一起成为中国三所最早创建的公立现代大学。山西大学堂创建之初，分中学专斋、西学专斋，简称中斋、西斋。西斋的办学经费是庚子事变后，山西省应当付给耶稣教会山西教民的赔款，总计白银五十万两（另外付给天主教会的二百五十万两白银，不在此列）。当时的山西巡抚岑春煊邀请上海广学会总办、英国传教士李提摩太来山西，帮助处理这笔教案赔款。李提摩太提出建议，这五十万两银子分十年付清，交由他来全权掌管，不用作赔款，而是全部用来创办一所大学，并同时创办一所译书院。后来经过岑春煊的代理人和李提摩太反复艰难的谈判协商，最终决定，李提摩太提议建立的"中西大学堂"并入山西大学堂西斋，西斋的教材、教学、学制、管理、教员聘用、财务开支等等一切事务，均由李提摩太全权负责，并由他本人担任西斋总理。十年之后，西斋的校舍、器材、书籍、用具全部无偿转交山西地方

当局。而当时大学堂的教师无论中斋、西斋，都称作"教习"，并无教授、讲师、助教的区分。至今太原师范学院侯家巷校区内还保留了山西大学堂的主楼，楼内的墙壁上还嵌有"山西大学堂西学专斋教职员题名碑"。在这面宣统三年凿刻的石碑上，李提摩太的全称是"英国道学博士文学翰林西斋总理李提摩太"，而在正式公文中，他的全称是"钦赐头品顶戴二等双龙宝星三代正一品封典英国道学博士文学翰林西斋总理李提摩太"。

在经过艰苦反复的谈判之后，《山西大学堂创办西斋合同二十三条》终于正式签约。光绪二十八年五月初四（西元 1902 年 6月 9 日）下午，岑春煊在巡抚衙门设宴庆贺，并为李提摩太饯行。根据记载，那天宴会的菜单如下：一品燕菜，青豆油鸡，五香炸鸽子，鸡粥扒鱼翅，洋磨广肚，烧烤鸭子，白枝竹笋，炸熘板鱼，洋鲜蜜桃，茄梨笋汤，洋鲍鱼汤，烧烤方肉。如此丰盛的宴会，岑春煊和地方官员们却不吃菜肴只吃水果，因为其时山西大旱，巡抚衙门颁布告示要民众节制饮食以度灾荒，为此官员们要与民同苦以身作则。时间久远，邈不可见，我们已经无从看到席间的彬彬揖让，也无从闻到珍馐佳肴的香味了。可百年之前的当事者们所开创的事业至今犹在眼前。

回身思量，会觉得有些不可思议——高本汉当年能够来到山西大学堂担任教习的机会，就是从那次宴会之后开始的。

马悦然教授在传记中记述，高本汉 1910 年底到达太原，1911

年1月9日正式和山西大学堂签订合同，"每周上二十二小时法文、德文和英文课，一个月工资一百七十两白银"。十个月后，高本汉在辛亥革命的枪声中离开山西，转道北京，经过西伯利亚大铁路返回瑞典。

高本汉在这一时期写给家人和老师的信里，说得最多的就是他怎样不辞艰险，骑着骡子，到处去做方言的调查研究，他来中国不是为了当个教书匠，而是要雄心勃勃地开展他的语言学研究。说白了，他是要借庙成佛。四年后他提交了自己的博士论文《中国音韵学研究》。正如他的老师、法国著名汉学家沙畹教授所说的，"当这部作品问世时，高本汉将在汉学研究领域里占有一个极为荣耀的地位"。1940年三位最负盛名的中国语言学家赵元任、李方桂、罗常培翻译出版了《中国音韵学研究》。罗常培先生评价说："这部书不但在外国人研究中国音韵学的论著里是一部集大成的作品，就是在我们自己所做的音韵学通论中也算是一部空前的伟著……"

1978年高本汉教授以八十九岁高龄辞世。这位誉满天下的学者可能并不知道，在遥远的中国，在他曾经执教过的山西大学，人们把他的肖像高高地挂在教学大楼的走廊里，莘莘学子以他的身影为标志，激励自己在苦学的道路上一代又一代地跋涉攀登。

应当感谢马悦然教授为他的老师写了这本翔实的传记，因此让我们可以在那简洁的注语后面，不只看到一位杰出的学者，也看到一个有血有肉的人。

2009 年 5 月 9 日于太原草莽屋

生命深处

——再读《聆听父亲》

四年前曾经读过《聆听父亲》,四年后再读,还是被张大春独特而又充满了感染力的叙述深深地吸引和打动。人们在夸奖一个好歌手的声音时,常常会说,这个人的声音富有"磁力",特别吸引人。至于"磁力"从哪儿来的,怎么就特别吸引人了,却又一时难以说出个子丑寅卯。在我看来,真正的阅读快感也是一种难以言传的魅力,这个魅力最大的特点就是不由分说一下子能把人抓住。就像书中那个九岁零八个月的小男孩,因为看见一朵猩红的石榴花落到水面上,先是尾随不止,接着奋不顾身地扑进小清河,随波逐流而去,千折百回,沉浮不定,不经意间却又忽然脚踏沙岸,停止在最后一句话上,这才知道自己已经置身事外了。看着手边合上的书本,回想着那些别人的故事,所有因为书中的文字而经历的感动、联想、悲伤、喜悦,没有因为故事的结束而结束,所有的感动、联想、悲伤、喜悦,会长久地留在心里,成为生命的刻痕,成为一种理解,最终,别人的生命历程会成为你自己生命的一部分。

在我看来,天下所有的文学、艺术都可以大致分为好的和不好的两种。一切好文学、好艺术,都有可能在聆听、观看、阅读中,不断变化为、传递为别人的生命体验,并因此而获得长久的存在。一切不好的文学、艺术在它完成之时就已经结束。依我的标准,《聆听父亲》无疑属于好文学、好小说。

在十几年的时间里,我先后三次去过台湾,四年前的那一次,在台北住了一个月,其间还去了台中和花莲,对台湾总算有过一点书本之外的了解。就是在这一个月里,读了《聆听父亲》之后,和张大春有过一次文学对谈,喝了两次酒,见到他的妻子和一对儿女,到他供职的广播电台做了一次节目。阅读之后,又认识了写作的人,会让了解变得真实、具体起来。张大春给我的印象完全是个才华横溢的大顽童,而且是任何规矩都管不住的一个大顽童,在决心要把游戏进行到底的嬉笑怒骂背后,有股舍我其谁的傲气。

在我的有限阅读中,如果要对大陆和台湾当代文学做一点对比,如果把台湾和大陆当代最活跃、最具代表性而且年龄相当的作家做一点对比,会从他们各自的叙述风格得到一个鲜明的印象:相对来说(也只能相对来说。比如先锋文本两岸就都有着惊人的一致,就不能归入我的"相对"),台湾作家的遣词用句、叙述风格比较典雅、细腻,更加书面化,而大陆作家就显得比较生猛、粗犷,更加口语化。风格不同,并没有高下之分,只有喜欢还是不喜欢的选择。如果稍作探寻就能看到,在不同的叙述风格背后各自鲜明的历史路径(这是一个很有意思的话题)。这两者间各自的优长暂且不论,我想说说风格走向极端会成为局限和陷阱。把典雅长期禁闭在书面上,让书面语长期隔绝口语,并且自封为等级阶梯上的高雅,最终的结局就是书面语萎缩成为无本之木,因为丧失了源头活水的滋养,典雅、细腻就变成了苍白和做作。尤其是在这样一个所谓全球化的等级时代,隔绝了口语的精英式的书面语书写,会"很自然"地寻找另外的滋养,"高等级"的翻译腔会"很自然"地取"古典"而代之,如此一来,"雅"也就变成了无法生根、身份可疑的枯枝。而另一方面,如果让生猛、粗犷长期地放纵在口语的浊流里,永远随波逐流,沉溺于大众狂欢,自封为大众的代言,审美取舍一味向下,最终的结局是生猛、粗犷会泛滥成粗鄙和低俗,会变成无限自我重复的藻类植物,而永无可能长成参天大树。

谈张大春的《聆听父亲》,为什么要扯出这么远的话题?不为别的,还是想把直感,把最初的阅读快感背后的原因理清楚。《聆听父亲》的叙述结构并不复杂,通篇以儿子的身份向父辈追问,寻找家族的历史,又以父亲的身份对尚未出生的儿子讲述对生命的体悟、理解。在这个结构之下,典雅的书面叙述和地道的山东方言口语相交替,作者把典雅和生猛非常自然地糅合在一起,所谓依山立塔,巧夺天工,让典雅和生猛相互激荡又相互辉映,从而点化、超越了各自原本的内涵和意境。

瘫痪在床的老父亲,生命之灯正一点点地在儿子眼前熄灭,对生命一点一滴丧失过程的描述,和对自身成长、家族历史一砖一瓦的捡拾、回忆,纠合在一起,成为这部小说最基本的叙述动力。随着死亡走近的是漫漶斑驳却也历历在目的生命记忆。因此,对父亲的聆听就成为一次最后的聆听,就成为一场对家族最后的哀悼。因此,对儿子的嘱托就成为一场生命的告白,成为一场生命的接力和传递。张大春专心致志地沉潜到亲人和自己的生命深处,在生死大限幽暗的渊谷里打捞出鲜活淋漓的生命体验。一种无言的悲哀和庄严弥漫全篇。

更为可贵的是,由于作者对"精英"和"民间"都保持了相当的清醒,使得他在冷峻之余,在毅然否弃了许多人都迷恋的以民间立场对历史重构的同时,也否弃了精英们的高雅自恋癖,把形而上的追问深深地扎根在人间烟火当中。(后来,张大春在《春灯公子》和《战夏阳》的创作中,走得更远,索性把现代小说"创作者"的身份彻底变成"说书人"。这又是另外一个很有意思的话题。)于是,我们看到荷马史诗中奥德修斯的故事,和梁山好汉李逵、鲁智深的故事并现。于是,我们看到在男人们经天纬地、之乎者也,《诗经》《论语》的同时,张家曾祖母定下的第一条家规是:

"饺子,猪肉馅的要和韭菜,牛肉馅的要和白菜,羊肉馅的要和胡萝卜。"这种中西混杂、雅俗并陈的叙述,举重若轻,信手拈来,让张大春的典雅和生猛有了一种杂树生花、春水乱流的盎然生气和从容不迫;这也给予了阅读者左右逢源的自由快感。

张大春的《聆听父亲》通篇并没有设计多么曲折的情节,除了"我"中学时代的好朋友陆经和自己的成长历程而外,基本上是对《家史漫谈》中的人和事做了一些有选择的复原。不追求人物、情节的复杂化,只追求尽力地还原本相。也从来没有对笔下的任何人物"拷问灵魂",比如对附逆失节的祖父,只有时局复杂的交代和难以逃避的行为结果,没有多少心理矛盾和灵魂困境的描述。而另外一些本可以大大抒情的过程也被他刻意回避,比如像母亲战乱之中独身一人千里寻夫的经历,基本上只有开头和结局,没有过程。通篇所强烈感受到的是一种无以言表、无处不在的对个体生命逝去的挽留,对家族在大时代的历史风尘中被湮没的慨叹。对于近代中国人来说,这样的湮没之所以尤其令人心碎,是因为精神的丧失和家园的毁灭同时发生在自己身上。那些把"琴书润""翰墨香"替换成"百福至""千祥来"的门联,是一个象征。那一发打在老张家西院墙上的日本侵略军野蛮的炮弹,也是一个象征。天地不仁,这样一群同时丧失了精神信守又遭遇了家园毁灭的人到底何去何从呢?

和经历了十年战争又经历了十年流浪终于回到家乡的奥德

修斯相比,济南市西门外朝阳街懋德堂老张家的后代们,自从违背"诗书继世"的祖训,改弦易辙做了商人,又遭遇家园毁灭之后,就再没有回家的路。那是一场永远的出走,一场永远的流浪,是一场连出走和流浪最终也依稀难辨的消亡。每个生命的出走和流浪,每个生命在出走和流浪中刻骨铭心的经历,如今,只能借着对父亲的聆听留下记忆的片段,只能借着对儿子的倾诉稍存片刻。流浪一生的父亲,在生命的最后时刻又被残酷地囚禁在病体之中,求生不能求死不得,他所能叹息出的最终总结是:"老天爷罚我。"看到这一切,你会明白什么叫无言以对,你会明白什么叫彻底的悲剧,什么叫永无止境的消亡,什么叫连悲伤和感叹也将无可寄托的虚妄。

所以张大春对尚未出生的儿子说:"事实上,这并非咱们张家所独有的一个矛盾。近世的中国,大约就在被迫打开大门之后让所有的家庭都不得不面对这一点——人们不得不用种种的形式离家、出走。"

所以张大春对自己说:"质言之,没有任何事、物、言语是其他事、物、言语的真理和天经地义。它只是它自己的。也无论承袭、延续了什么,每一个生命必然是它自己的终结,是它自己的最后一人,这恐怕正是它荒谬却庄严的一部分。"

2008 年 2 月 8 日(农历戊子年正月初二)于草莽屋

无穷无尽的黑白

在赶往喀纳斯的半路上收到了冷冰川发来的短信，冰川说他的新书《无尽心》马上要在上海国际图书节上首发。汽车从乌鲁木齐出发，沿着准噶尔盆地的边缘，向西，而后向北，越走越远，远得让人忘了尽头，好像这次远行就是为了这样永远不停地走下去——石河子、奎屯、克拉玛依和布克赛尔、布尔津……都已经远远地留在身后了，车窗外的千里荒漠正慢慢走向阿尔泰山，纵目远望，壮阔伟岸的群山把纯净的天际线高高举起来，像把一条哈达放进深不可测的蓝天。

在群山和大漠之间，一条来自西班牙的短信，就像是一缕忽升忽灭的轻风，一颗随风荡起的沙尘，转瞬即逝。在这个太过遥远、太过辽阔的地方，没有任何东西可以久留。在这个地方，遥远和辽阔就是全部，就是唯一，就是永恒。烈日之下无边无际碎石遍地的戈壁，连绵不断彻底风干的沙丘、土岗，还有就是蜷缩在黄沙里的灰蒙蒙的骆驼刺,数天之内,没有看见任何一只飞鸟经过。只有在这儿你才会明白"永恒"这个词是绝不包含一丝水分的,"永恒"就是被彻底风干的辽阔和遥远。在半山上回望茫茫大漠里那条细如游丝的路,你会觉得自己身上所有可以被称为文明、教化的那些物件、那件外套,早就被剥扯得一丝不挂。在这个辽阔到无以复加的空间里,在这个被彻底风干的遥远里,甚至连时间也改变了,变成了一块窄窄的可以度量的石头。那一刻,我还根本没有意识到,眼前这个几乎走不到头的古尔班通古特大沙漠,原本是通向神往之地的走廊,雄伟的阿尔泰山就是神往之地森严的城楼。

尽管早先已经看过了无数的镜头和图片,尽管已经无数次地听说过这里的风景,可是,当一川碎玉的喀纳斯河迎面扑到心里来的时候,还是被它震撼到无言以对。对比实在是太强烈了:一双被无穷无尽的焦渴和烈日榨干的眼睛,一个被剥夺到底一无所有的人,忽然间,被清凉和纯净没顶而过……你说不出你看见了什么,你也说不出你正在经历什么,眼睛里一阵热涌……这满满一川汹涌澎湃激流跌宕的玉石是真的吗?那夺川而下盘旋飞溅的是水吗?世界上还有这种河吗?它怎么可能这么干净、这么一尘不染?这哪是河,这是走了神的天堂一不小心走出了自己的后花园,这是一场意外!所以,喀纳斯河避开黄河,避开长江,避开所有人声鼎沸的去处,向南汇入额尔齐斯河,紧接着,折向西北,独自走进渺无人烟的北冰洋。这是中国领土内唯一一条流进北冰洋的河流。就像天堂是永远不可进入的,纯净的美也永远是孤独的,北冰洋才是喀纳斯恰当的归宿。

在喀纳斯湖边的木屋里听了一夜的林涛和雨声,第二天在登顶观鱼台的半路上又远远地看见了雨云,乌黑的云阵夹着雾白的雨线飘忽不定。乌云之下,群山、森林、草场和湖水都被染成简单的墨绿色,放牧人雪白的毡包星散在林边的缓坡上,在曲折的盘山道上,忽然会有骑马的哈萨克少年一身艳装地从天上走下来,在人们惊羡的目光里一闪而过。汽车停在接近山顶的平台上,让游客们沿着千级台阶向上爬,走到一半的时候终于下雨了,霏霏细雨让大家犹豫起来,有人决定快步赶路冲上山顶,有人扶老携幼原路退回,山道上原本熙熙攘攘的人群转眼不见了踪影,像是演出结束观众散光的剧场,突然间有了片刻的安宁,有了一个人独自静观的机会。细雨无声地落在身上,落进山林,落进湖水,也无声地落进心里来,天地间一派湿漉漉的从容。喀纳斯湖静静地躺在漫山遍野单纯的墨绿中,和雄伟的阿尔泰山温柔地对望,谁也猜不透,这千年的对望为什么变成了那一大片纯洁无瑕的碧玉;谁也猜不透,这所有的纯洁和安静为什么一往情深地留给了渺无人迹的北冰洋……我不由得又问自己,眼前所见的这一切是什么?这都是真的吗?这辽阔、纯净、纤尘不染的到底是什么地方?或许,这真的就是天堂吧……在那个千里荒漠的走廊里风干身心的人，从那个巍峨森严的城楼下虔诚进入的人，才有机会看见天堂吗？又或许，只有被喀纳斯洗干净的眼睛才能有幸看见这人间所无的图景？天堂就应当是这样——简单，宽广，纯净，温柔，可以放进无限的遐想，可以得到无穷的报偿，一眼夺魂却又无以言说。天高地阔的宁静中，我豁然看见被一无所有敞开的无穷无尽。

猛然加大的雨量很快打乱了安宁，一转眼，我已经裹挟在被雨水赶下山来的人流当中，摩肩接踵脚步匆匆，不时传来有人脚下滑步失去重心的惊叫声。我有些不舍，再次停下来四下张望：湖还在，山还在，云还在，森林草场也还在，可不知为什么，刚才看到的那幅图景早已经消失得无影无踪，刚刚还是天地充盈的内心忽然间一片茫然。人群在身边川流不息，雨水沿着帽檐滴下来，肩膀和双腿已经感觉到透湿的沁凉，此时此刻，我只能夹在人流之中顺势而下。而且我知道，从此往后，所有的此时此刻，所有的彼时彼刻，我都将会被裹挟在人流当中和那幅图景永难相遇……或者找一个借口聊以自欺，我只能说自己俗心愚钝，不能在万丈红尘中自得清净。

回到干爽舒适的汽车上，脱掉湿透的外套和帽子，与同伴们嬉笑欢颜，分享着这一场无伤大雅的山中遇雨，可心里却总也摆脱不了若有所失的怅然。本以为和所有的旅游者一样，自己不过是到一个新奇的地方看一次新奇的风景，没想到，却把什么东西丢在了那块神往之地,所谓心缺一角,无以名状。人离开了喀纳斯,心却久久地难以忘怀。第二天一早,一行人按照大致的原路返回,布尔津,克拉玛依,奎屯,石河子,沙湾县……戈壁、荒漠、沙丘、盐碱地、干渴的土岗、灰蒙蒙的骆驼刺……漫漫旅途把这难以忘怀牵扯得很远,很远。

七天的旅行转眼结束。从戈壁滩上捡拾回来的几块石头静静躺在书桌上,看见它们我可以确认,不久前,在很远很远的地方发生过一件真实的事情,一个人在片刻的安宁之中曾经有幸和天堂偶遇。

就在这难以释怀的怅然之中《无尽心》寄到了。这是一本一半文字一半画作的书。而且,从内文到画作,从装帧到作者照片都只有黑白两色。一个画家,把千滋百味的内心感受,五彩缤纷的天地万物,都浓缩、简化成为不能再简的黑白两色,他的内心一定经历过别人难以体察的举步维艰和一意孤行,他的眼睛一定经历过别人难以看到的万念俱灰和欣喜若狂,他的画笔一定遭遇过别人没有遭遇的毁灭和重生。好在冷冰川是一位诗人画家,他用自己电闪雷鸣般的内心独白,给我们留下可能查寻的痕迹:

立孤节。人要用上帝的孤节来显他自己。上帝的重负。

……它是不可重复的,是最深最内在的性灵对人生的深切缠绵——所谓"一往情深"是也。

用最简单的工具,最直接的方法,最朴素的形,最单纯的色,

163

要你最充沛的精神作衔接。"涵养既深,天机自合"也。

对我的创作来说,这个世界上最美妙的一切都能用女人体来表达它深刻的内涵。

一切有生命的东西无不包含一种神秘的情色力量。总是它触动着我们心中尚未睁开的眼睛。

创作的时候,我根本没有肉身和衣缕,只有洁净的线和"人"的生机。

纵横歪倒贵天真。

因为童心就是天涯海角。

真正的艺术家像纯真的初恋者一样,往往可以达到胸无纤尘。

黑色给我提供的明显好处是——一块适当的背景,可以杀人放火。

单纯,但不可穷尽。

不是一时一地的潮流和景色,是回应一切时代一切地点的作品。

看着那些从漆黑一片的底色里纤毫毕现地凸现出来的图案,读着这些在漆黑一片的思绪里突然闪起亮光的短句,内心一次又一次被深深地触动。这些画作大都是以前看到过的,而且看的不是印刷品是原作。可再次细读,还是有种莫名的感动。冰川曾经告诉我,他的画是用中国的一得阁墨汁涂抹在一种德国的白色纸板上,反复涂抹,直到纸板漆黑如墨。然后再用刻刀在墨板上刻画,一刀一线,极费功力。每一幅画都让他殚精竭虑体力透支。按说我们这些看惯了泼墨写意的中国眼睛,对黑白两色的魔力早已有过许多不同他人的体悟,可是你还是想不到冷冰川居然会把黑色推到这样的极致,他让你的眼睛停留在绝对的黑夜当中,而后,再用自由的线条点亮夜空。在许多年里,冷冰川就是这样一意孤行地留在自己的黑白双色之中,身外的万物、内心的世界都被他彻底简化成不能再简的黑白两色。他用中国的墨色把万物归一,然后,再用刻刀在一无所有的漆黑一片中开始自己一个人的创世纪。于是,在那些脱胎换骨的画面上,你就看到了万物花开,你就听到了花底莺声,你就碰到了"夜的如花的伤口",你会感到"白秋"充满体温的温柔,你会沉浸在"箫声断处"的孤独里,你会驶向销魂荡魄的"夜航",你会徘徊在不知今夕何夕的"唐宋之间"……有人称赞说冷冰川的黑白刻画创造出了一个崭新的画种,他对颜色、画法、画具都有一种充满了想象力的原创性的贡献。作为画家他有一双最为独特的眼睛和最为独特的表达形式。而这是许多画家毕其一生梦寐以求终不可得的境界。我不是画家,更不是理论家,我只是一个被他的画作感动的欣赏者。而这一次在《无尽心》里和冷冰川的相遇,让我在感动之外更有一种意外的惊喜,不知为什么,我觉得冷冰川好像是去过喀纳斯的,我觉得他和我一样曾经在一个远离人间的地方和天堂偶遇。不然为什么他的画面会那样纯洁简练、自然天成,不然为什么从他的黑白两色之间可以看到无穷无尽的变幻。一种阔大、宁静的遥远,一种淳朴自然的率真之美,在他繁密如发的线条之间生生不息地流淌出来。

终于,在《无尽心》的第一百八十六页我找到了几乎完美的证据:还是漆黑的画面,还是刀刀入骨的刻画,一个悠闲横卧的女体,一座高峻雄奇的大山,隔着一大片平静的湖水遥遥相望……画作的题目叫《净土无故》……我分明看见,在那个把遥远风干的走廊尽头,在那座叫作阿尔泰的高大城楼后面,正有霏霏细雨千言万语地落进那片地老天荒的守望之中。那本是留给"一切时代,一切地点"的寂静。

十一年前,那时候我还不认识冷冰川,也没看过他的黑白刻画。那一年我写了一篇小说,题目叫《颜色》。讲一个进城来打工的农民在闹市街头遇到两位艺术家在做一场行为艺术,一男一女,互相交换地把对方涂染成黑白两色,他们为自己的作品起的题目就叫作"宇宙的本色"。可惜,行色匆匆的路人不大理解两位艺术家,这位焦急的农民更不理解什么是"宇宙的本色",他一心只盼望着能被眼前这两个奇怪、有钱的城里人雇去做杂工。可白白等了一天的农民根本就没有被雇用,一直等到街灯亮起来的时候,彻底失望的他却目睹了一场悲剧,眼睁睁地看见几个街头小痞子见色起意引发了一场争斗,艺术家胸插利刃,鲜血淋淋地横

166

尸街头。这是一个完全虚构的故事。那时的我根本没有想到真的会有一位画家早就已经选定了"宇宙的本色",早在多年前就已经把大千世界浓缩简化为黑白两色。所以,当后来终于有机缘看到冷冰川的黑白刻画时,我不仅仅为这巧合惊喜,简直觉得就是梦境成真,这个宇宙的本色,这最简单最本质的黑白两色,怎么竟然在那些坦然率真的情色图像当中,像被施了魔法一样变幻出无穷无尽的颜色和意味,叫人叹为观止、无以名状。

当然,或许就像那个打工的农民一样,我的猜想根本就不存在,根本就是一场误会。或许一切应当就像冷冰川说过的那样:

> 最好的艺术是自然地相互注视,即一个人的精神灵魂凑近另一个人的灵魂,并能倾听到相互的心跳。

——是的,"并能倾听到相互的心跳"。

2014 年 8 月 30 日,雨中定稿于北京

来到绿洲

　　真是很少读到这么朴素、沉静而又博大、丰富的文字了。我真是很惊讶作者是怎么在黄沙滚滚的旷野里，同时获得了对生命和语言如此深刻的体验。地域的偏远和辽阔，时间的舒缓和从容，生活的单纯和简练，不但使作者获得了与天地万物的深情独处，对自己内心自由高远的开阔舒展，更使他远离了都市和都市各种各样的流行病。他用不着为了版税和出版社一起制造轰动；他用不着装出英雄的样子，无害地站在官府门口的远处说些帮腔的话；他用不着依靠一次表格的填写来证明自己的伟大和"另类"；他用不着在花里胡哨的理论中间风车一样地旋转；他用不着和浅薄浮躁的期刊们一起制造一次又一次的"文学运动"；他更用不着身居的官位越来越高，却非要扯一面"民间"的旗帜来惑众。在这片垃圾遍地、精神腐败、互相复制的沙漠上，读到农民刘亮程的这组散文，真有来到绿洲的喜悦和安慰。这片语言的绿洲与我们身边这个腐败的文坛没有半点相像之处。这像是一个奇迹。这片绿洲所证明的是文学自身顽强的生命力。

按说，在西北高原广阔的腹地里劳作生息的何止千万个刘亮程。天山、绿洲、雪水河、白杨树，奇特雄浑的风景，神秘独特的民风，已经千百次地描写过了。偏远、贫困、悲壮、浪漫，也被无数次地表达过了。可这一切曾经有过的文学表达，却从来没有走进刘亮程的视野和笔下。刘亮程是在最平常、最平凡的农村生活细节中，舒展开自己深沉的生命体验的。这种平常平凡的生活随处可见，刘亮程从不强调自己的偏远和奇特。他在一头牛、一只鸟、一阵风、一片落叶、一个小蚂蚁、一把铁锹中，倾注了自己的生命热忱。在刘亮程的世界里，"任何一株草的死亡都是人的死亡。任何一棵树的夭折都是人的夭折。任何一粒虫的鸣叫也都是人的鸣叫"。刘亮程把人间的不平、历史的蹂躏统统放在自己的世界之外，让生命浸漫到每一颗水滴、每一丝微风之中。他雪夜闭门，拥炉独坐，一任飘飞的大雪落满亲人和自己艰辛的人生。他在脱落的墙皮、丢弃的破碗、蓬生的院草中曲尽人可以体会到的永恒。他使生命有了一种超越世俗的美丽和尊严。他把这尊严和美丽只给予生命，给予自然，而从不给予蹂躏生命的社会和历史，从不给予误会了人的"文明"。他从来不以生命的被侮辱被蹂躏来印证社会和历史的"深刻"——他对人柔情如水，他对生命深沉博大之爱与天地如一。于是就有了这位自然之子。于是就有了这些朴素旷远的文字。这是一个唯美的理想者。这是一个大漠孤烟的表达者。生命的自然流淌使所有的理论和历史变得苍白,使文学生机盎然。

尼采说"朴实无华的风景是为大画家存在的,而奇特罕见的风景是为小画家存在的",刘亮程的散文再次为我们做出证明。

可是,刘亮程还是来到了城市,还是在喧嚣的城市里听见了惊心动魄的牛哞。他说自己是"从装满牛的车厢跳出来的那一个。是冲断缰绳跑掉的那一个。是挣脱屠刀昂着鲜红的血脖子远走他乡的那一个"。一个自然之子,一个古典的唯美主义者,终于没有能逃脱历史而和城市遭遇了。我在这鲜血淋漓的逃脱中看到刘亮程坍塌的世界。这叫人惨不忍睹!

1999 年 8 月 6 日傍晚于太原

心上的秋天

　　五十多年前,一个瑞典小伙子因为读了林语堂先生英文版的《生活的艺术》,对中国文化产生了浓厚的兴趣。就好像一个远游的人被一条大河所吸引,不由得想沿河而上去看个究竟,看看这条大河到底是从哪儿发源的,看看河上到底还有些什么奇特的风光。于是,他从一本叫作《道德经》的古书开始。于是,他找到一位叫高本汉的老师做向导。或许连这个年轻人自己也没有想到,从此,他就再也没有离开过那条大河,他花了自己一生的时间在这条大河上寻觅,考证,阅读,翻译,思索,徘徊……从上古到中古,从中古到近代,从近代到当代。那双原本年轻火热的眼睛,从新奇而渐渐平静,从平静而渐渐深沉。终于有一天,当孩子们都已经长大成家,当他把自己心爱的中国妻子安葬在墓地里的时候,看着墓碑旁边那棵秋叶落尽躬身伏地的白桦树,望着不远处广漠无语的大海,他忽然意识到原来已经消逝了很多很多的时光……自己在大河中，大河在时光中，滔滔不息，一去不返……一位中国的智者曾经感叹过，"逝者如斯夫！不舍昼夜"。

五十多年前的那个年轻人终于皓首穷经，著作等身，成为世界知名的汉学家。他把西汉典籍《春秋繁露》翻译成英文。他让同胞们和他一起分享《诗经》、《楚辞》、唐诗、宋词、元曲的美妙篇章。他翻译的《水浒传》和《西游记》一版再版，到处流传。他的翻译和介绍让新文化运动以来，许多现代、当代杰出的中国作家和诗人引起世界的注意。我不知道还有哪个外国人像他这样无怨无悔，不辞劳苦，到处传播中国文化，到处传播中国的语言和声音。当马悦然先生回首一生，追忆往事的时候，他用中文写下了这本书，书名叫作《另一种乡愁》。在我看来，皓首穷经，著作等身，只能算是一个学者，只能是学术的证明。而一颗被乡愁缠绕的心所流露的却是情意满怀的人。一个人如果不是把自己的生命和中国连在一起，一个人如果不是把自己的一生献给了中国文化的学习和传播，一个人如果没有深深的眷恋和寄托，他是不会把中国认作自己的第二故乡的，更不可能体会到中国人悠悠千载的乡愁。

1950年夏天，经过十几天的颠沛周折，悦然终于坐汽车从成都到重庆，又坐轮船从重庆到武汉，再坐火车从武汉到广州，等到箱子和人都过了罗湖桥来到九龙的时候，他满心惆怅地问自己："可是我的心呢？我的心在哪儿？"那时候，还有一个障碍隔在命运中间。等到那个障碍终于消失了,悦然立即拍了一封电报到成都,向他的房东陈行可教授的女儿陈宁祖求婚。那故事浪漫得像一部电影。

2000年春天,我从巴黎来到斯德哥尔摩。悦然带我到一家鲜花店买了两盆花,然后带我来到宁祖的墓前。圆圆的一块石头,静静地掩埋在草地里,在"1931—1996"这两个年份之间镌刻着宁祖的名字。十年前,我第一次到瑞典,就是宁祖和悦然一起冒雨到机场去接的我。到瑞典的第一顿饭,就是宁祖亲手做的热汤面。那天晚上,悦然的茅台酒,宁祖的热汤面,和她爽朗的笑声,让我如归故地,一下子回到了家里。可现在,这一切都静静地埋在那块石头下面。石头上,把一个人六十五年的生命,缩写成简单的一行字。悦然把墓碑前枯萎了的花挪开,用手铲把新买来的花轻轻埋在土里,然后把旧花放进附近的垃圾箱,把墓碑旁飘落的枯叶捡拾干净,这一切他做得熟练而又细致。等到都做好了,悦然指着那棵躬身伏地的老白桦说,这棵树真好看,我从来没有见过这样的白桦。悦然告诉我,为了能靠宁祖近一点,他特意退了城里原来的大房子,搬到这里来住。他每天都坚持散步,每天散步都要从宁祖的墓前经过,每天都要和宁祖待一会儿。

我曾经在不同的季节三次到过斯德哥尔摩。也许是因为高纬度的原因吧,我在斯德哥尔摩看到的总是如水的斜阳,明澈宁静的斜阳,悠远而又慈祥,总给人说不出的慰藉和伤感,总让人觉得那是一个可以安放灵魂的地方,总是让人深深地想起秋天。我曾在一篇文章中记下了这个无以名状的感触:"在中国,秋天是怀念和伤感的季节,一颗'心'上放了一个'秋'字,就是愁。就是中国诗人不绝如缕咏叹了千百年的情怀。"

现在,悦然要我为他的书写一个序言,一篇篇地翻过悦然的短文,我看见又有一个人加入到这千年的咏叹当中来。

2002 年 8 月 11 日傍晚写,14 日晨改定于太原家中

本文为《另一种乡愁》序

农具的教育

"太平风物"这书名是我从《王祯农书》里得来的。

七百年前,那个叫王祯的人看见一种农具被人使用,看见一派宜人的田园风光,和平,丰足,恬静,而又久远。这景物深深地打动了他,于是,他发出由衷的赞美:"每见摹为图画,咏为歌诗,实古今太平之风物也。"

七百年后,我的"农具系列小说",也是出于一种深深的打动,出于一种对知识和历史的震撼,更是出于对眼前真实情景的震撼。当然,我看到的是完全不同的风景,就好像从绿洲来到荒漠,就好像看到一通被磨光了字迹的残碑,赤裸裸的田园没有半点诗意可言。

隔了七百年的岁月,我把"太平风物"和"农具系列小说"装置在一起,陈列在这间纸上的农具展览室里,正所谓感慨万端一言难尽。我希冀着把自己的震撼和一言难尽的感慨传达给可能的读者们。之所以把小说称为"展览",是因为这本书不只需要读,更首先需要看。我必须事先声明,廉价的道德感动,和对残酷现实虚假的诗意置换,不是本次展览的目的。

上个世纪的"文革"期间,我在吕梁山的邸家河村插队落户,做过六年农民。那时候,公家发给每个知青五百八十块钱安置费,村里就用这笔钱给我们盖了知青宿舍,还给每个人配置了一套干活用的农具,镢、锨、锄、镰、斧、扁担、筐,包括收割时捆庄稼用的麻绳,冬天装粮食用的口袋,样样俱全。于是,六年的时间里就和这些农具朝夕相伴。用的时间一长,体会也就入微起来,镢把的粗细,锄钩弧度的大小,锨把的长短,扁担的厚薄,都和每个人的身体相对应,相磨合。渐渐地,就明白了什么样的农具才会得心应手,对使顺手的农具也就分外地爱惜。

初到一地,除了未曾见过的山川风物之外,首先遇到的就是方言,比如邸家河人把山上的树不叫树,叫"钵儿",把一种专门用来收割玉米和灌木枝的镰刀叫作"苦镰",驾上毛驴磨米面不叫推磨,叫推"碾子",如此等等。我们这些"北京来的学生娃"闹不大清楚这些称呼的来历,也想不出来和"苦镰""碾子"等等相对应的文字到底是哪一个,于是,就随便拉来一个发音相似的字瞎凑合,还想当然地把这一切弄不懂的发音统统归结为方言,归结为穷乡僻壤的落后和固执。那时候,并没有想到这一切会变成日后的小说素材,会引发一场对"知识"和"历史"的震撼。

1987年夏天,在《厚土》系列的创作期间,一个偶然的机会,我在旧书摊上买到一本叫作《中国古代农机具》的小册子,一百二十个页码的小开本,定价人民币八角钱。随后,就带了这本书去我插队的邸家河村住了几天。那时候,我虽然在城里已经工作多年,但还是每年都回邸家河。正好是收麦子的季节,就在劳动之余看了这本书。大大出乎我的意料,这本不起眼的小册子对于农具历史的讲述,看得我惊心动魄。所有农民使用的农具,都有长得叫人难以置信的历史,都有极其丰富的发展经历。尤其是一些被农民用方言称呼的农具,原来被我一直认为是字典里根本就没有的字,被我认为是乡下人固执、封闭的语言偏好的所谓方言,竟然和两三千年前的历史完全重合,和古音古字一模一样。就是在这本小册子里,我看到了"公输班做碨"这样的记录。公输班是春秋时期的鲁国人,复姓公输,名般,因为般、班同音,又因为是鲁国人,所以被后人称为鲁班。鲁班大约生于周敬王十三年(公元前507年),卒于周定王二十五年(公元前444年),是中国历史上所有古代工匠的祖师爷。鲁国是公元前11世纪被周朝天子分封的诸侯国,一直到公元前256年被楚国所灭。"磨"这种称谓,只是汉代以后才流行起来的,在此之前的漫长历史中它一直被人称作"碨",邸家河的方言竟然跨越两千五百多年的历史,直续"春秋"。那一刻,我真是如雷轰顶,目瞪口呆。和历史心领神会的遭遇就在那一瞬间发生,悲怆和遐想久久难平。从那时起,我就觉得自己也许应当写一本关于农具的小说,应当有这样一场和祖先的对话。后来,又因此而引出对《王祯农书》的细读。

十八年前那场知识和历史的震撼让我明白,几千年来,被农民们世世代代拿在手上的农具,就是他们的手和脚,就是他们的肩和腿,就是从他们心里日复一日生长出来的智慧,干脆说,那些所有的农具根本就是他们身体的一部分,就是人和自然相互剥夺又相互赠予的果实。我们所说的中华民族五千年文明史,其实是一部农业文明史,是被农民手上的工具一锄一镬刨出来的。可人们对历史和知识的记忆,往往只是对于正统典籍的记忆,没有人在乎也很少有人注意,养活了历史和知识的工具。人人都赞叹故宫的金碧辉煌,可有谁会在意建造出了金碧辉煌的都是些怎样的工具?

有想法,有感触,还不能写小说。我当时还在写《厚土》,《厚土》的历史背景大都放在"文革"之中。一晃十八年。十八年来,中国大陆正在发生翻天覆地的变化。农村,农民,乡土,农具,这些千年不变的事物,正在所谓现代化、全球化的冲击下变得支离破碎、面目全非。亿万农民离开土地拥向城市的景象,只能用惊天动地、惊世骇俗来形容。即便偏僻如大山深处的邸家河,也在煤矿的开发当中改地换天。所谓历史的诗意,田园的风光,早已经淹没在现实的血污、挣扎和冷酷当中。尽管在吕梁山偏远的乡村里,这些古老的农具还在被人们使用着,但人与农具的历史关系早已荡然无存,衣不蔽体的田园早已没有了往日的从容和安静。所谓历史的诗意,早已沦落成为谎言和自欺。当初,因为当过六年的"劳动人民",因为亲眼看到了什么叫世世代代的劳动,我深知,无论是以田园的名义,还是以革命的名义,把亿万人世世代代绑在土地上,是这个世界最不人道、最为残忍的一件事。一转眼,我却又在通往"进步"天堂的台阶上看见遍地的血泪和挣扎,听见田园们赤裸裸的哭声。真正是一言难尽。真正是情何以堪。

因为已经写过《厚土》,我明白,自己不能再以《厚土》的方式重归"厚土"。多年来在文体和语言上的思考,多年来对于语言自觉的实践,多年来对于建立现代汉语主体性的追求,多年来对于知识等级的拒绝信任,对于道德化和诗意化的深刻怀疑,等等,这一切导致了"农具系列小说"现在的模样——图片和文字,文言和白话,史料和虚构,历史的诗意和现实的困境,都被我拼贴在一起,也算是一种我发明的超文体拼贴吧。现在,我把这些拼贴的结果放在这本书里,放在这间纸上的陈列室里,权且当作对于"公输班做碨"的一种接续,权且当作对于"太平之风物"的一种当下的回答。

我曾为自己的文学追求定下一个苛刻的指标——"用方块字深刻地表达自己"。在这里,对于方块字的"用"的突破,和对"表达"的突破,都是对作者严峻的考验。我能从自己文明历史的最深处找到文学的源头活水吗？我能在毁灭和新生、悲怆和欢欣中，找到文学的绿意吗？我能在全球化的滔天巨浪里用方块字立定脚跟吗？这既是我的追求，也是我的困境。

2006 年 1 月 9 日写，14 日改定于草莽屋

本文为《太平风物》前言

生命的报偿

　　如果不是曾经在吕梁山荒远偏僻的山沟里生活过六年,如果不是一锹一锄地和那些默默无闻的山民种了六年庄稼,我是无论如何也写不出这些小说来的。六年的时间一晃便闪过去了,已经又有了十几年的岁月倏忽隔在了中间。现在,当我一篇一篇地写完这些小说,写着这篇后记的时候,我知道,此刻已是备耕的节气,吕梁山的农民们正在忙着下种前的农活:整地,送粪,选种,修理农具。等到种下了种子,他们就盼着下雨,盼着出苗,盼着自己一年的辛苦能换来一个好收成。他们手里握着的镰刀,新石器时代就已经有了基本的形状;他们打场用的连枷,春秋时代就已定型;他们铲土用的方锹,在铁器时代就已流行;他们播种用的耧是西汉人赵过发明的;他们开耕垄上的情形和汉代画像石上的牛耕图一模一样……

　　和他们比,六年真短。

世世代代,他们就是这样重复着,重复了几十个世纪。那个被文人们叫作历史的东西,似乎与他们无关,也从来就没有进入过他们的意识。无数个世纪以来,只有亚洲大陆干旱的季风和太平洋浓重的雨云光顾这里。就这样,在亚洲大陆这一片广漠干旱的土地上,慢慢地繁衍出一个黄色的人群。由于海洋和高山的隔绝,他们以为这个宇宙中只有他们。于是到了唐朝,就有一位诗人发出亘古未有的对于这旷世孤独的慨叹:"前不见古人,后不见来者。"接着,他哭:"念天地之悠悠,独怆然而涕下。"——我就是这黄色的人群中的一个。

由于有了那六年的生活,所以我刻骨铭心地知道,我写的这些东西,是不会捧在那些捏锄把的手上的。和他们时时刻刻也是世世代代操心的问题相比,文学实在算不得什么,或者说实在是一件太奢侈的东西。所以我不自欺——以为自己的小说可以替他们呼喊苦痛;所以我不自诩——一定要讲自己的小说是"写给农民看的";所以我不自信——以为写了几篇小说便可以"改造国民性";所以我不自傲——以为自己的小说可以赋予他们无用的"光荣";所以我不自美——非要到那近乎残酷的操劳中去寻找田园的陶醉;所以我不自狂——以为在小说里开一剂良方便可以拯救黎民于水火之中;所以我不自作多情——以为自己在小说里痛哭流涕了,就是替芸芸众生减了苦痛。其实,文人们弄出来的"文学",和被文人们弄出来的"历史""永恒""真理""理想"等等名堂,都是一种大抵相同的东西,都和那些"面朝黄土背朝天"的人并无多少切肤的关系。于是便又有人出来指责他们"麻木"，指责他们"落后"，指责他们"愚昧"，指责他们"封闭"。可这指责和那些同情或赞美的命运是一样的，也还是落不到他们中间去。他们就像黄土高原上默默的黄土山脉，在岁月中默默地剥蚀，默默地流失……或许有一天，会突然间在非人所料的去处，用他们的死沉积出一片广阔的沃野。日月悠悠，物换星移，在无限无极的时间和空间中，这完全是无意的呈现，便愈发给人以无可言说的震撼。当文人们惊叹于这种呈现的时候，或许会在刹那间瞥见一只带着些嘲讽的冷眼。

我很惭愧自己也加入文人们这种浅薄的惊叹之中来。我也很庆幸自己加入这种惊叹之中来。人之为人是一种悲剧，也是一种幸运。这悲剧或是幸运，乃出于一个同样的原因——就是一种不甘。人总是不甘于停留在造化的呈现之中，惊叹错愕之余，总希冀着从那呈现中挣脱出来看看是否有一个自己，却又总也挣不脱……我的小说若能把这惊叹与错愕略表一二就已是莫大的幸运。从不敢奢望那个无言却又无所不包的呈现——那呈现本是给予所有已经死去的，正在死去的，和将来必定也要死去的全部生命的报偿。

呜呼，生命！噫嘘，文学！

1988 年 3 月 16 日于太原家中

本文为台湾洪范书店版《厚土》后记

偶遇因缘

　　早就知道"上有天堂,下有苏杭",可是一直想去,又一直没有去成。去年夏天,全家三口专门到杭州,在西湖岸边住了几天。旅馆的位置非常好,推开后窗是保俶塔,推开前窗是断桥,再往远,波光浩渺山水相接处,耸立着重新修建的雷峰塔。泛舟西湖,寻访寺院,自然免不了提起传说千年的白娘子。月光下影影绰绰的荷叶,和猛然弹出水面的游鱼,让白娘子的话题平添了几分真实感。可那时候并没有想到,有一天竟然真的来重述这个千年的神话传说。

　　最开始的时候并没有答应参加"重述神话",等到答应了,最初也没有选择《白蛇传》,原来是想把"夸父逐日"和"后羿射日"合而为一,但为了避免题材重复又放弃了,种种巧合的结果最终归结到《白蛇传》,而且是由我们两个人合作来完成,按照佛家说法,这叫因缘。

以我们的体会,这因缘绝不是简单的赠予。一个在千百年的传说中早已经定型的神话,一个千锤百炼的故事,怎样重述,如何再现? 对于我们更是绝大的挑战。从某种意义上说,凭空捏造,完全虚构会容易一些。因为"我说故我在",不需要,也没有任何参照物。但是像这样,在一个千百年的传说之后去"重述",你会被笼罩在一个巨大无比阴影下面,你很容易就会跌进阅读习惯造成的期待陷阱之中。于是,在反复的商讨,反复的试探,反复的修改,反复的体悟之后,就有了我们后面的故事。

身份认同的困境对精神的煎熬,和这煎熬对于困境的加深;对所有"异类"近乎本能的迫害和排斥,并且在排斥和迫害中对于本能的放大;这,成为我们当下重述的支架。当然,这显然的主题并不足以给我们叙述的动力,也无法生长成为重述的森林。"因缘"在这里再一次成为关键。《白蛇传》中浓厚的佛教元素,一次又一次成为指点迷航的灯盏。随着神话的渐渐展开,我们来到一个常识和真理之外的未知世界。这世界既让我们惊讶,也让我们感动。

当迫害依靠了神圣的正义之名,当屠杀演变成大众的狂热,当自私和怯懦成为逃生的木筏,当仇恨和残忍变成照明的火炬的时候,在这人世间生而为人到底为了什么? 慈航普度,到底能让我们测量出怎样的人性深度? 在这古往今来,每时每刻都会发生的善恶交集的人世间,生而为人是一种幸运,一种罪恶,还是一场

185

无辜?

可惜,在我们的故事结束时,深深体会到的还是自己的慧根浮浅。虽竭尽全力,我们的慈航普度也不过是浅尝辄止。唯一可以告慰的,这是两个人真心的探求。

2006 年 12 月 24 日于太原

本文为《人间》代序

辑三　九月寻踪

插队掌故三则

一　好面包子

在我插队的地方细粮很少很金贵,把小麦磨成的面粉叫好面。好面包子是我下乡插队吃的第一顿饭,所以记得特别清楚。我们这一批同学是 1969 年 1 月 12 日离开北京的。一趟专列拉着我们从北京到太原,到临汾。换卡车,上吕梁山,到蒲县。住东关车马店,再换马车,马车拉行李,人在后边跟着,下坡的时候车闸一拉,像牛吼一样的怪叫声震耳欲聋,在弯弯曲曲的河谷里能传出十几里地去,晃晃悠悠上坡下坡一整天走了六十里,傍晚时分到地方了。沿着官道拐过一个山嘴,我们看见自己要去的村子了,我们看见念叨了一路的邸家河:

村口,一棵高大无比的老杨树落光了叶子,黑沉沉密匝匝的树枝映在傍晚浓重的天幕上。四周山坡上斑驳的雪迹衬出悠长深广的寂寥和荒凉。在老杨树的身后,在寂寥和荒凉中错落着十来处窑洞和抹了黄泥的瓦屋,窗户和门都是黑洞洞的。黑暗中有锣声响起来,有一群人从老杨树底下朝我们走过来,很夸张也很有一点紧张地笑着,或是抓住我们的手,或是抢过我们肩膀上的挎包,嘴里一遍又一遍地重复着:"欢迎欢迎!嘿呀,娃们走得困么?走得腿疼哩吧?"在一片陌生而又热情的流行语和方言的混杂中,娃娃们和狗在腿底下钻来钻去,小女子们或揣着手或捂着嘴站在一边笑,走过来"欢迎欢迎"的大都是男人们。村里已经先给我们腾好了房子,我们十二个人,六男六女,各自拿了行李跟着自己的房东回家。然后,再集中到临时的集体灶上,吃来到邸家河的第一顿饭。给我们做饭的大师傅是本村的赵大爷。赵大爷留一把山羊胡子,有柳拐病,个子很矮。可赵大爷念过两年私塾,识文断字,还会算伙食账。当年的私塾先生给他起了一个很有希望的名字——赵登科。尽管给他启蒙的时候已经停了科举。

走了整整一天路,大家都很饿,低着头问:"赵大爷、赵大爷,咱们吃什么呀?"赵大爷仰起头,捋着胡子笑笑:"队里给你们杀了羊,羊肉包子,好面的!"一面说,赵大爷掀开了热气腾腾的大铁锅。赵大爷说:"看这好面白么!"我们全愣住了,马灯下边,锅里的包子全都是咖啡色的。赵大爷又笑笑:"嘿嘿,一年也蒸不上回好面,碱面使多啦!"可我们已经顾不上许多,每个人都就着米汤吃了不计其数的咖啡色的包子。赵大爷也盛了米汤和我们一起吃，一边吃，一边问："香么？好吃么？队里专意为你们杀的羊。"我们都说："香！香！"赵大爷说："吃吧，多吃，吃得饱饱的。我给咱蒸得多着哩！"赵大爷一边说，一边掀开面板上的柳条笸箩，白布下边露出来满满一笸箩咖啡色的好面包子。这咖啡色的好面包子叫我们一连吃了好几天。越吃，色越深。吃到最后，看见它就有点怕。

六个月以后，国家就停止供应粮了。我年底分粮的时候分了十四斤小麦。（第二年只分了七斤。）在我们村的石磨上用细罗，一斤小麦能出八两面，用粗罗能出九两。那时候赵大爷已经不给知青的集体灶做饭了。我们自己轮流做饭，可又都不懂得细水长流地过日子。一分了麦子就磨面。馒头，面条，烙饼，包子，没几顿就吃完了。很快，可以用来调剂伙食的仅有的一点杂粮、萝卜、山药蛋也吃完了。吃完了，就没有了。最惨的时候是五六月份青黄不接，天天顶着大太阳去锄地，熬到下午一两点钟才能回来吃午饭。饥渴难熬之中，等着我们的午饭是又酸又硬的玉米面窝窝，喝的只有蒸锅水，下饭的"菜"就是案子上的一大海碗粗盐粒。有的同学吃着吃着就冲到屋子外面去呕吐。什么都没有了，就天天回忆有白面、有杂粮、有萝卜山药蛋的好日子。一顿一顿地回忆，一点一点地回忆。然后再做各种假设，各种吃法，就深刻地理解了小麦磨出来的面粉为什么叫好面。当然，也就回忆起了赵大爷的好面包子。在地头上劳累之余,回忆起来那些咖啡色的包子,大家都一致同意:其实,赵大爷的好面包子挺好吃的! 真他妈香!

1998 年 1 月 9 日于太原寓所

二 触怒山神

插队第一年的早春时候,也就是三月、四月吧,我们邸家河生产队和县林业局订了搞绿化的合同,到荒山上去种树。种完树,林业局给报酬。公社的拖拉机来帮我们拉行李和工具。走了有二三十里路,在一个叫茹家坪的村子停下,卸下行李和工具。队长成保说:“到了。上山吧。八里地。”阴沉沉的云彩下面,一条羊肠小路从西面灰黄的山坡上曲折而下,白白的,细细的,像根绳子。大家就扛起东西上山。小伙子们走得快。快到山顶了,抹一把脸上的汗水,回头一看,小女子们红红绿绿的头巾和棉袄还在“绳子”上一闪一闪地飘动。

我们的宿营地是一个废弃的山庄,在一面劈砍出来的黄土壁上,有几个没有门窗的大窟窿黑洞洞地看着我们。成保指着院子边上堆着的玉米秸说:“拿这堵门窗。”一边又把人分开。我们六个男知青住一孔窑洞。放好铺盖,又分配我们去抬水。井在山沟底下,路又陡又窄,直立的土坡逼在一侧,一个人担上担子转不过身来。走到该下坡的路口上,我们在直立的土坡上看见一个小小的神龛,没有装饰,没有保护,只在一人高的黄土壁上挖了一个洞,洞只有半个锅盖那么大。洞里有一尊泥捏的神像,看不出脸面,也看不出是坐是站,神像上可能涂过的颜色也只剩下依稀的痕迹。风雨剥蚀的一团黄土,和这被遗弃的荒村一样显得零落而又荒凉。同行者中有人举起扁担嘻嘻哈哈地把那团泥巴捣碎了。有人嫌不过瘾,又捣了一下。然后,若无其事地下山抬水。铁皮水桶的提梁在铁环上磨得吱扭吱扭地响,一直吱扭到又黑又深的沟底下。抬回水,坐上锅,点火烧炕。天又冷,又是多年不用的土炕,我们就使劲儿地烧。晚饭之后天早就黑了。我们按照习惯照旧刷牙洗脸,然后睡觉。躺在炕上睡不着,就聊天。聊得时间长了又纷纷钻出被窝,挪开挡门的玉米秸到外面去撒尿。有人犯懒,又怕冷,就站在窗户前找个缝对外"扫射"。第一个"开门"的人叫起来:"嘿!下雪了!"我们一起扭过头去,真的,真是下雪了。纷纷扬扬的鹅毛大雪在院子里铺了厚厚一层,从敞开的"门口"飘进来。门前一片晶莹洁白,地上的白雪把山野天地衬得极黑,极深。忽然有种落进宇宙深渊茫然无依的感觉,从那极黑极深处,从自己的身体深处没顶而来……

大家方便之后,就睡觉。可我怎么也睡不着。不是不困,是太热!热到最后,我几乎不敢挨那张褥子了。只好爬起来打开手电筒,一照,坏了!褥子烧着了一大片,床单也已经烤煳了!我一叫喊,大家就乱起来。赶紧点油灯。沙崇义只穿了裤头窜出去,捧回一把雪来三下两下揉灭了冒火星的棉褥子。我这才发现是炕面裂了一道缝,火星是从那儿钻出来的。一条炕挤满了六个人,炕上再没有地方可以挪动。没办法,还得在这儿睡。找来找去,我在窑洞里找着一张用高粱秆扎的盖帘儿,把盖帘儿衬到烧出来的大黑窟窿下边,再把床单铺上继续睡。这一下不但很热,而且很硬。在又热又硬之中还是迷迷糊糊地睡着了。也就是刚刚睡着吧,猛听扑通一声震响,有什么东西重重地砸到炕上了。不知是谁爬起来再次打开手电。我们看见安子从被窝里坐起来,满头满脸的黄土,黄土当中转着安子那双眼白特多的大眼睛。在他的枕头四周满是碎了的土块,最大的一块还有整砖那么大。大伙都笑起来,都说把黑安子给砸成了水蜜桃了。手电光再朝上一照,我们看见窑洞顶上裂缝的地方那个大大的缺口。大家又赶紧帮着安子打扫战场。安子把头上脸上胡噜了几下,倒下接着睡。一晚上有这么两次惊吓,我们都有点睡不成了,都嘀咕,这是招着谁惹着谁了?可到底还是年轻,到底还是困了。一觉醒来,吕梁山变成一片银白世界。

吃早饭的时候,我们几个人嘻嘻哈哈地大谈昨晚的奇遇。成保、闰月子、黑蛋和一起来的老汉们都问:"你们夜儿里个(昨天)到底是做下啥啦你们?"我们就把昨天砸了神龛的事情招供出来。

众人就一哇声地叫喊起来:呀呀,呀呀！那是个山神庙,你们这几个娃咋这么日鬼捣蛋哩,啊？那可不是闹着玩的！我们都还不大信,都还是嘻嘻哈哈地喝米汤吃窝窝。吃完饭,成保说:"不行,我得看看去。"成保看了窑洞上头的裂缝一个劲地摇头:"呀呀,怕人哩！要是我们,夜儿里个就再不敢睡啦！窑顶一掉土,八成就是要塌窑。你们这些娃尽是胡闹哩！没个轻重,不要命啦你们?"

听成保这么一说,我们都不再哈哈了,脸上都有点变了颜色,都有点害怕起来。可这个荒村就这么几孔废窑洞,我们并没有任何转移的可能。到了晚上只好硬着头皮进窑洞,也只好互相嘱咐:嘿,都惊醒着点啊,别睡死了,门别堵得太死了,别他妈一个不剩都捂在里头！可说是说,睡是睡,到时候窑洞里照样还是一片香甜的呼噜声。

后来,每年的早春我们都要去种树。有的时候近,有的时候远。我们的树种撒满了不少的荒山野岭。后来,知青们或者上大学,或者参军,或者分配了工作,一个一个都走了。我分配工作以后还常常回村去看看。总有十几年了吧,有一次,我又回到邸家河。我当年的朋友闰月子陪我一起到山上闲逛。(知青的集体灶解散以后,我就把口粮分到闰月子家里去过日子了。)走到火石凹的山坡上,我忽然想起来那些撒下的树种,就问:"闰月子,咱们种的那些树呢？都活了没?"闰月子说:"活了。大部分都活了。就是后来有的叫牛羊啃了,有的叫人砍了。你看,那不是就有一片。"我看见了，在密集如云的荆棘之中，有墨绿的马尾松树的针叶艰难地伸出来。我说："捂得这么严实，这可怎么长呀？"闰月子说："你不知道，有这些簇林子（当地人把一种带刺的灌木叫簇林子）护着，牛羊害不成，人也害不成。过上十几二十年，簇林子一死，松树就成材了。"

心里不知怎么就忽然一热，就想起那漫山遍野的一派银白来。

1998 年 1 月 9 日于太原寓所

三 想不到的难题

我是 1968 年 12 月底到派出所办的转户口手续。在这之前学校里闹了一点小小的风波。因为在同学们都写了大字报、决心书，纷纷表示响应伟大领袖毛主席的"最高指示"上山下乡之后，在动员大会已经开过，在全校绝大部分有"城市户口"的同学都已经办了手续，报名到山西插队落户之后，不知怎么回事，忽然又有了在北京分配工作的名额，有几个同学极其幸运地留在北京了。结果军心大乱，几乎所有同学的家长立刻愤愤不平地拿着已经迁移的户口找到学校来。来"闹事"的家长大都是工人。学校无话可说，只好又把户口还给他们。本来二十来人的一支队伍，立刻作鸟兽散，只剩下三个人。两个女生，一个男生。这个男生就是我。我所在的杨闸中学，在东郊，学校里绝大部分学生都是附近农村的。这些农村的同学这时候都已经回家了，空荡荡的学校里只剩下二三十个我们这些有"城市户口"的学生，等着分配。眼前的事变，让我有点说不出的难受。那是我第一次看见什么叫真正的人心。本来都是"一派"的同学（我们这一派群众组织的名字叫"红旗公社"），三年来，在"文革"中是同进同退，用当时的话说是"建立了牢不可破的战斗友谊"。可稍微遇到一点真正的考验，"友谊"立刻变得像一张淋了雨水的大字报，惨白而又没用。其实，我也想留在北京。可我的家长那时候住在"牛棚"里，不可能为我到学校来申辩。而我自己也不单是为了响应"伟大号召"才报名下乡的，心里一直有一种要证明自己的念头。到底要证明什么，我也说不清楚。以当时的想法，最简单的愿望就是想要证明自己不是一个坏人，不是一个像他们说的那种"可以教育好的子女"。

虽然只剩下了三个人，虽然三个人里只有两个是"一派"的，可同学之间还是展开了热烈无比、反反复复、依依不舍的送别：互赠笔记本。本子的扉页上一定要有特别精选的毛主席诗词或语录，"海内存知己，天涯若比邻"虽说是唐朝人王勃的诗句，可因为被毛主席引用了，也就被当成"主席诗词"的一部分而被反复互相赠送。互赠的《毛主席语录》扉页上也写满了革命的豪言壮语。

197

然后就是反反复复地聚集在一起唱歌、照相，照相、唱歌。大家嘴上不说，心里都模模糊糊地感觉到从此一切都要变了，从此一切都会不一样了。好像要把一切都留在歌里，都留在火辣辣的赠言里，都留在一次又一次的合影上。这么唱，这么写，这么做的时候，大家心里都明白，家在农村的同学已经是社员了，他们哪儿都走不成；反悔了的同学们也不会走了，他们已经决心等着在北京分配一个工作；真正要走的，真正"天涯若比邻"的只有我们两个人。我跟着同学们唱歌，签名，赠言，抄诗，照相。可总也抹不掉心里那点空荡荡的难受。我就这么空空荡荡地唱歌、签名、抄诗、照相，模模糊糊地打算"证明自己"。可没有想到，我们这些决心要"接受贫下中农再教育"，要到"广阔天地"里"脱胎换骨""改天换地"的知识青年，来到吕梁山，却遇到一个比这些所有"革命"的大问题都尖锐、都直接、都无法回避的难题。这是一个我们在唱歌、签名、抄诗、赠言的时候压根就不可能想到的难题。

我插队的村子在蒲县，处于吕梁山的南段，叫邸家河。离县城六十里路。我们十二个不同学校的知青，六男六女，被暂时分到老乡腾出来的旧房子里住。一放下行李，就找厕所。找着厕所才发现，村子里的厕所不分男女，是每家每户自己专用的。攒下来的粪便，除了自己种菜用，生产队要用，就得按桶计算，折成工分，年底可以分红。所以粪便是"私产"。老乡鼓励每个知青到自己家的茅厕里解手。我们这些人倒是不在乎去谁家的茅厕，而是实在有点受不了茅厕的"原始"：第一是它的不分男女；第二是它的没遮没拦——除去半人高的一截石墙外，既无顶又无门。上厕所解小手的时候男生还好办，反正露着半个身子做招牌，谁都看得见，自然就会回避。可解大手的时候就有点尴尬，没人看得见里头有人没人。试探的方法只有一个，就是咳嗽。看见一个"空"着的茅厕，你要想用，走到近处得先咳嗽。你一咳嗽，里面如果没人回应，就证明它是空的，安全可用。可如果有人在里面接应，也咳嗽起来，你就只好告退，另求他门。再咳嗽，再试探。这方法没人教，也不用教，遇见一次两次无师自通。尽管如此，也还是常常免不了尴尬的遭遇。又因为是山区，所有的窑洞和房子依山而建，错落有致。可茅厕过分低矮的石墙根本挡不住视线的落差。从高处往下看，很多茅厕都是一览无余。正在街巷里走着，弄不好就会瞥见谁家茅厕里白亮亮的一闪。男生们反正脸皮厚，还能将就。女生们一去茅厕，就得"二人行"。一个在里边"如厕"，一个在外边站岗。而且得尽量找墙壁高一些的茅厕。反正这件意想不到的小事弄得大家很不习惯，很不受用。

老乡们把那种分男女、有顶子的茅厕叫"洋厕所"。这种洋厕所，除了学堂里有，公社里有，县城里有，"老百姓使那喋子的干啥？"（"喋子"是邸家河一带的方言，意思有点像是北方话里"妈的×"一类的粗话。）老乡家里的厕所不只不分男女，没有房顶门窗，而且他们解过手后不用纸，石墙的缝隙里东一个西一个地塞着脱光了颗粒的玉米核儿,上完厕所之后,用玉米核儿一蹭就算完事。玉米核儿不是只用一次,而是反复使用。所以玉米核儿上常常都是抹满了粪便的,粪便一干,就是黑色的。玉米核儿也就常常不是黑白相间,就是黑红相间。厕所的"坑"里一般都是埋一口破损的水缸,这样既可废物利用,又可以大致防止渗漏。缸口上横担着两块分开的石板,石板下面直通缸底斜插一根木棍,为的预防解大手时缸里的粪水溅到身上。因为茅厕里是要兑水的,这样一是为了淘粪的时候方便,二是可以增加数量。这根斜插的棍子,就是老乡嘴上常常用来骂人的那根"搅茅棍"。蹲在厕所里看见的这种情景,看见"贫下中农"最隐秘、最直接、最真实的生活习惯,它让我对《毛主席语录》里的"人民",它让我对从书本上、诗歌里了解到的"人民",看法上有了极大极深的改变。这个第一眼所带来的视觉冲击波,这个第一眼所引起的"话语"冲突和强烈对比让我至今难忘。可以说,我对于人民完全不同的理解,就是从这种种闻所未闻、见所未见的场面中,一点一滴积累起来的。

在经过了一再的尴尬和遭遇之后,男同学们终于找到一个临时解决的办法。紧挨村子后面有一条山沟,老乡们叫它后沟。后沟又窄又长,沟里乱石嶙峋,杂树丛生。遇到下雨,沟里就会有一道山水流很多天,有时会流一夏一秋,晚春的时候,会开出满沟浓香扑鼻的紫丁香。不知是谁先起的头,这条后沟就成了男生的厕所。只要看见谁手里攥着纸往后沟走,就知道他是去解手。有时候为了找一块干净地方,会顺着山沟朝上走一段。蹲在丁香丛的后边会有很好的视线。村子里的一举一动,鸡狗牛马都看得很清楚,村口的老神树,树底下流过的小河,河滩地的地塄上边是场院,场院后边山坡上的杜梨树开了白灿灿一树的花,根宝赶着羊出坡了,换成引着牛回村了,全都能看得很清楚很清楚。可是,时间一长,后沟里到处是东一张西一张用过的废纸,白惨惨地散在石缝和树丛当中,非常难看。有时候去后沟的路上会遇到村里的老汉们,他们就会笑着骂起来:"哈哈,喋子娃,又上后沟呀!"老汉们在地里说起这件事情来会说:"庄稼一枝花,全靠粪当家。你们把好好的东西都废啦! 你们城里人都上沟里解手去? 看看你们日怪么你们。"

　　一直到这一年的秋天,队里终于用知青的安家费,给我们十二个人盖了一排"新式"的宿舍,并且在我们强烈的要求下,又在宿舍旁边盖了一间高墙头分男女的"洋厕所"。从此上厕所不用再咳嗽,也不用再去后沟了。后来,知青们一个一个都走了。只把新式的宿舍和厕所留在了村子里。有一年我回村去,看见我们知青的宿舍改成了村里的小学校。房子旧了许多,可当年用石灰和墨汁刷在宿舍正面砖墙上的那条大标语还依稀可见,那是一条缩写的"最高指示":广阔天地大有作为。一个女老师带着十几个孩子,在哇啦哇啦地"唱"课本。下课的时候,孩子们从教室里跑出来,又笑又喊。我看见孩子们从从容容地,在那个分男女的"洋

201

厕所"里有进有出,心里说不出是高兴还是伤感。再后来,我很长时间没有回村。我的房东闰月子到太原来,告诉我邸家河的小学一直没有好老师,学校办不下个样子,就撤了。现在南耀村盖了新学校,孩子们都去南耀上学了。我们知青的宿舍是"公产",已经由村里作价,全都卖给根宝了。根宝的儿子现在娶了媳妇,媳妇已经又养下娃娃了。根宝还是胃口不好,还是天天上山放羊,还是不大能数清楚羊的数目。现在,山上的树到处都砍得光光的。后沟的树早就砍光了。

1998 年 5 月 9 日,细雨中写于太原

出入山河

　　十三年前的春天。1985 年 5 月 10 日下午四点,我和蒋韵背着行囊,穿过黄羊沟村口那几十棵刚刚抽叶的杨树,踏上了我们"走西口"继续北上的路程。透彻的阳光下,满目灰黄中的这一点嫩绿,绿得叫人揪心。很快,我们就又走进了坦荡辽阔的灰黄。极远极远的南边是灰腾梁蓝黑色的身影,剩下的就是天地相接的沉沉一线。在这种辽阔的空间里,二十天的时间,就像是一片嫩绿的杨树叶在阳光下的一闪。

　　走到张家老坟跟前,我们坐下来拍一张合影。把那架老式的海鸥 120 黑白照相机,在背包上放稳,扳下自拍键,然后走过去对着镜头坐在一起,随着咔嚓一响,照相机把蓝天白云,把像大海一样起伏的原野,把辽远的地平线,把那五座碎石零落的老坟,把黄羊沟最早的拓荒者,把两个满面倦容的寻访者,一起留在了胶片上。现在,隔着十三年的时间,打开相册的时候,那样一种说不出的迷茫和怅然，那样一种说不出的感动和恩情，那样一种对历史和时间深邃无比又无微不至的卷入，还是无法填满照片上那个辽阔的空间。杨大富、杨二富老人告诉我们，这块地方是老张家门里爷爷的爷爷那一辈人在"放地"时期来开垦的。他们先向商号借钱买地，拉线为界，挖地坑用蒿秆盖棚搭茅庵，自己打井，然后开荒种地。老张家爷爷的爷爷叫张泰。可这个拓荒史已经和杨氏兄弟无关了，他们是抗日战争时期流落到这里来的。说起自己的辛酸史，两位老人热泪纵横。这一路上我们不知经历了多少次这种热泪纵横的场面，而且我们知道，这些属于每一个人的历史，这些所有的热泪纵横，总有一天都会埋进黄土，永远不会再被提起，也永远不会有谁再记得，就像眼前这五个孤零零的土堆。

照片背景上的那片辽阔的原野，被坟墓里的拓荒者们命名为后大滩，和它相邻的还有大岗滩、后沟、西沟……被开垦的土地有了名字，可垦荒者的坟墓却是无碑无字，浅浅的五堆黄土，坟脚围了五圈零散的碎石头，这些石头显然是耕作的时候从土里捡出来的。这些为土地而来也为土地而死的人，如今终于和土地没有什么区分了，终于也变成后大滩的一部分。这地方远离大山，取石刻碑显然是一件难事，显然是一件财力所不能承担的事情。于是，这些一块一块捡出来的碎石头，就成了唯一的可能和纪念，就成了历史和岁月留下的另一种文字。这个内蒙古原野上划归于察哈尔右翼（简称"察右"）中旗的村子，没有任何特殊，没有任何神秘,没有任何不平凡的经历。它不过是许许多多由牧而农的土地中的一块土地,它不过是在许多次游牧和农耕的反复争夺、反复交替中,最后定居下来的村落,连它的名字也还是充满了草原的味道——黄羊沟。现在,我们站起来,收拾好东西背上背包,要从这些拓荒者的坟墓旁边继续向前走,向北,去四子王旗。当年——在我们之前的许多许多年里,曾经有许许多多人,在这条被称作"走口外"的路上反反复复,来去不定;或随着马队呼啸南下,或背着行囊结伴北上。被称作表里河山的地理障碍,被当作万里险关的长城,最终都没有能阻挡住这种或者汹涌或者无声的人的流动。

过了两千多年之后,我们才看明白,作为纯粹的军事建筑,作为边防的万里长城,中间很长的一段竟与那条著名的"十五英寸等雨线"相吻合。赵武灵王雄才大略的"胡服骑射",历史上无数次的边关征战,晋北农民缠绵凄凉的"走西口"的歌声,杨大富、杨二富兄弟的老泪纵横,竟然都是在冥冥之中被这条等雨线所逼迫、所限定,竟然都是为一条"等雨线"做了注脚。

当地理作为自然的限定,在漫长的岁月里限制了人类的行为和历史的走向时,地理本身却也反过来不断被人所打破,不断被人所改写,不断被人重新命名。就像黄羊沟后来又有了大岗滩,就像后大滩上又留下这五座碎石零乱的张家老坟。

二十天前,当我和蒋韵决定要"走西口"的时候,是想象多于事实,浪漫多于真情,猎奇多于朴素。背起背包从朔县县城走出来,一路向北,安太堡,井坪,担子山,西水界,半坡东,大盘,平鲁城,周花板,牛家堡,苍头河,右玉,杀虎口;然后坐汽车到呼和浩特,到集宁,到察右中旗,到黄羊城;然后再步行到广昌隆乡,再走到黄羊沟。一路上寻访,记录,照相,录音。走到黄羊沟的时候,想象和浪漫已经全无踪影,心里早已被黄土地上的真实压出了许多难言的愧疚和怅然。我们深深地为自己的"文学想象"而惭愧,而无地自容。我们甚至怀疑自己是否有权利这样莽撞,这样无理地闯进别人的眼泪和墓地里来。

这一次长城内外跨越千里的寻访,是一次对黄土地一步一步的"丈量",丈量之后,反倒叫人感到历史这个词的含糊和难以确定。无论是"胡服骑射"的官方记录,还是浪漫凄凉"走西口"的民间传说,都有着太多的历史遗漏。黄羊沟附近的地名留下了另外的记录:广益隆,广昌隆,广益恒,义兴泉……这都是商号的名字。这里的村子过去还有一种叫法:地庄子。所谓地庄子就是商号的地产。有了商业的推进,有了商号的财力,有了商人的地庄子,才有了对于农耕技术和农业劳动力的需要,才有了连年不断的走西口的人流;进而才有了民俗民风、文化艺术的演变和混杂。在走西口的浪漫歌唱的背后,是晋地商人顽强不舍的对于土地和利润的进取。当然,这一切之成为可能,还因为清太宗皇太极在征服中原以前已经先征服了蒙古;更因为清世祖爱新觉罗·福临扫平"天下"称帝中国,把所有原来的边关险地,转眼间变成了深广的内陆。在中国历来重农轻商的"正统历史"中,是不会记录任何关于商人的历史的。你不去追问,这些广益隆、广昌隆也就永远不会对你说话,永远不会成为"历史"。

我当然更知道,我们这两个"关里人"的眼睛,一路从关里看到关外,一直看到黄羊沟,我们都还没有看见一个真正的"关外人",没有看见一个蒙古草原上原来的历史主人。历史书上把他们叫作"游牧民族"。在走西口的历史里并没有对他们的记录。

离开黄羊沟的第二天,我们来到四子王旗旗府——乌兰花。满街都能闻到羊肉的膻味,到处都能听到扩音器里马头琴呜呜咽咽的吟唱。我们住的宾馆当晚为自治区农科院来此"蹲点"举行宴会,宴会上乌兰牧骑的歌手且唱且舞,挨桌敬酒,欢声震天。可我知道扩音器里的马头琴,酒桌上的牧歌,都不是真正牧民的东西。我有一个姐姐曾经在内蒙古草原的最深处,在东乌珠穆沁旗一个叫白音宝力格的地方做过四年牧民。她曾经给我讲过许多关于蒙古牧民的事情。如果不把他们在许多许多年里南下或是北上的经历写下来,我们所知道的还是一部残缺不全的历史。临行前的那个早晨,有一个走错了门的老人突然打开我们的房门,他问,你们是来收购驼毛的吗?他的汉语说得很勉强,有点像是在"唱"。我们说,不是。老人很礼貌地点点头。老人说,对不起,然后关上门退出去。这一闪而去的老人给我留下很深的印象:一张紫铜色的脸,一袭深蓝色的长袍,腰间一条杏黄的腰带。简短的对话中流露出那么纯粹的朴素和尊严。我们根本不可能知道他的任何事情。可我想,他肯定是一个真正的蒙古牧民。

这个一闪而去的陌生的老人,再一次叫我看见了"历史"这两个字背后深长的阴影:

> 三十二年,……始皇巡北边,从上郡入。燕人卢生使入海还,以鬼神事,因奏录图书,曰:"亡秦者胡也。"始皇乃使将军蒙恬发兵三十万北击胡,略取河南地。三十三年,……西北斥逐匈奴。自榆中并河以东,属之阴山,以为四十四县,城河上为塞。又使蒙恬渡河取高阙、阳山、北假中,筑亭障以逐戎人。……明星出西方。

> （《史记》,秦始皇本纪第六）

> 明,世宗嘉靖中……俺答诸部喜与折箭而去,其精兵载铁浮屠,马具铠甲,刀矢锬利,望之若冰雪。经朔州,破雁门,掠太原而南,列营汾水东西,驻平遥、介休间。掠潞安、平阳,凡掠十卫三十八州县,杀人二十余万,畜二百余万。焚公私庐舍八万区,蹂躏田禾数十万顷。辎重迤逦,整旅而归……

> （《朔州志》卷之八,武备兵氛）

这都是我在这次走西口的路上寻访到的历史。可在这些以方块字记录的历史中,不知道会有多少遗漏、歪曲、误会、省略,故意的放大以及故意的缩小,不知道把多少广昌隆、杨大富、杨二富,和这个紫铜脸膛的老牧民排除在历史之外了。

　　坐上南返的汽车,告别乌兰花。远远看见了阴山的支脉大青山,黑蓝赤裸的山体寸草不生,干裂的岩峰排空兀立,狰狞、苍凉而又绝望欲哭。翻过大青山是呼和浩特,再向南,经过外长城就是大同、朔州,经过内长城的阳方口,再向南,就是太原,就是我们出发的地方。阴山脚下,长城内外,真不知还有多少永远不对我们说话的历史。

　　　　　　1998 年 5 月 22 日下午写,24 日改定于太原

却望吕梁是故乡

我是 1969 年 1 月 12 日离开北京来到吕梁山区的,在一个叫作邸家河的小山村里当了六年插队知识青年。插队的时候没有想到日后会当作家,更没有想到几十年后,竟然会把一个叫马悦然的瑞典人带到邸家河来做客。

1986 年我开始了系列小说《厚土》的创作,这部小说还有一个副标题"吕梁山印象"。小说陆续发表后,在国内外引起一些反响。这一年的 6 月 10 日我接到一封来自瑞典的信,写信人是陈宁祖女士,她自我介绍她的丈夫马悦然是瑞典汉学家,正在翻译中国当代作家的作品,他们在不同的刊物上看到《厚土》,说是"很想翻译"。我当时根本不知道马悦然何许人也,当然也更不知道他有诺贝尔文学奖评委、教授、院士、欧洲汉学协会主席等一系列头衔。只是觉得有人"很想翻译"自己的作品,这让我很高兴。于是,从那时起,开始了我们之间的交情。先是笔墨的,后是感情的,现在可以说是无话不谈的好朋友。从《厚土》开始,接下来是《旧址》《无风之树》《万里无云》,在前后十几年的时间里,悦然一本一本地翻译了我大部分的作品。1988年《厚土》的瑞典文译稿完成,交给布拉别克(BRA BOCKER)出版社出版。1989年初,悦然告诉我,他和宁祖很想到吕梁山来看看,并且他已经和七八位诺贝尔奖评审院士说好要一起到中国来,到吕梁山来看看我插队的村子。很快,因为特殊的原因这次行程取消了。1990年他们邀请我第一次去瑞典访问,其中有四五天的时间住在瑞典南方他们的别墅旁边,那几天,宁祖天天给我做中餐。1993年他们夫妇两人一同来中国到云南、四川游访,在北京见面时我们还在讨论什么时候能一起去吕梁山。

1996年宁祖在斯德哥尔摩病逝。三人的约定从此永缺一人。

1999年悦然再次提起要来吕梁山的动议。为此我已经打听预定了上山要用的越野车。悦然决定和斯德哥尔摩大学东亚系主任罗多弼教授同来,并且要带他的小儿子陪他一起来。一切准备就绪的时候,又是因为特殊的原因被迫取消了行程。这之后,我又去过两次瑞典。2001年的诺贝尔奖百年庆典,我受到特别邀请再赴斯德哥尔摩,但悦然已经不再提起来山西的话题。吕梁山就在眼前,每天我在自己家的阳台上,只要抬起眼睛就能看见它,真的是近在咫尺。所谓物是人非,所谓世事难料,没有想到,我和悦然的约定,竟是如此的曲折艰难。

2002年,悦然开始发表他自己用中文写的一系列回忆随笔。随笔结集出版的时候取名为《另一种乡愁》,悦然来信,要我为他的书写序。于是,就有了我那篇《心上的秋天》。又是"乡愁",又是"秋天",个中情怀溢于言表。随后,此书在海峡两岸先后出版。其中三联版的《另一种乡愁》第一版五千册,很快告罄,出版社随即再印第二版三千册。

2004年春天,我插队时的房东闰月子,带孙女来太原看病。闰月子告诉我,邸家河附近的山上发现了一个大煤矿,已经有公司投资了一个多亿,钻探、开发、修建厂房,邸家河说不定很快也会搬迁了。我立即把这个消息告诉了悦然,我说,悦然你能不能去我不知道,但是我是要很快回去看看邸家河的。悦然立刻从网上回信,有几分悲壮地宣布说:在死之前,我一定要去邸家河看看!

于是,我们又开始了新一轮的吕梁山之行的准备。

今年8月25日我到北京送女儿回法国上大学。26日我和悦然先在北京会合,陪他去了东四史家胡同,看他当年住过的老宅。随后,又和台北来的陈文芬女士会合。27日坐大巴走高速公路,北京,大同,太原。当晚,妻子蒋韵设宴为客人接风。第二天,沿大运高速路南下临汾,而后,过汾河向西,登上吕梁山。因为去蒲县的省级公路在修路,我们只好走河底镇,冒险翻越豹梁。没有想到,国产的六缸红旗轿车还真是争气,在一段又一段的泥浆山路上"走旱船",居然被它全部踩过。当天下午,夕阳斜照的时分,满车泥浆的我们终于走进邸家河,终于在村口看见了那棵被我说过无数次也写过无数次的老神树。十五年前的那个约定,终于在这一刻梦想成真。这棵被老君坪的山泉滋养的老杨树,得天独厚,长了足有半间屋子那么粗,四五层楼房那么高,枝繁叶茂,浓荫匝地,苍老的树皮一道一道翻裂开来,像是被犁铧翻耕过的土地,不知把多少岁月沉淀在它苍老的皱纹里,谁也说不清它到底活了几百几千年。

闰月子早已经为我们专门打扫了一孔窑洞,准备了干净被褥,还特意用蓝色的花格塑料布围出一道漂亮的墙裙。我跟乡亲们开玩笑说,咱们邸家河三千年,除了见过日本鬼子之外,这是第一次看见一个洋人。其实,除了老神树之外,小小的一个山村,没有任何可供旅游者"奇观"的风景。空间被村东村西两只石头狮子把守,时间只剩下一块记录重修庙宇的石碑,当年的知青宿舍已经废弃,门窗都是暗影幢幢的黑洞,院子里、屋顶上蒿草横生……

在来之前,悦然一直有一个愿望,就是希望能由他来做东,请邸家河全村的男女老少打牙祭。这一次,他终于如愿以偿。悦然从刚刚得到的《另一种乡愁》的版税里拿出三千块,交给闰月子、平安父子俩去操办。买酒,买肉,买菜,炸鱼,炖鸡,蒸馍。从饭店里租来桌椅板凳、锅碗瓢盆。闰月子依照老规矩,前一晚挨家挨户去问请。村里的女人男人纷纷来帮忙。平安还专门租来一套音响，大唱梆子戏。请来神锁当大厨，开出菜谱，八个凉盘，十个热菜，一道汤。8月30日，农历七月十五那一天中午，艳阳高照，邸家河全村男女老少，加上南耀村闻讯赶来的乡亲，总共一百来口人，在平安家的小院里办起一场地道的乡村筵席。最后，连霉霉那个又傻又哑的媳妇也正正经经坐到席面上来。满院子的欢声笑语，满院子的举杯相庆。如今邸家河的生活比我们插队的时候强似百倍，通了电，有了电话、电视，甚至每家的院子里还装上了自来水。可是，新的困难也来了，随着煤矿公司的大举推进，土地被强占，引发了农民集体上访。乡亲们世世代代地渴望着改变自己贫困的命运，可改变所带来的这一切却又让他们始料不及。看着这满院子熟悉的笑脸，不由得感慨万端：所谓黄了谷子，红了高粱，转眼就是几十年，"历史"这两个大字，常常是和这些普通人无关的。如果不是和这些窑洞里的劳动者生死与共，相濡以沫，你永远也体会不出在那些憨厚笑脸背后的生命深度。

那天夜里格外晴朗，稀疏的云团之间是柔和明朗的月亮，整个山谷一片迷蒙的银光。睡到凌晨四点的时候起来去厕所，推开窑门来到院子里的一瞬间，我还是被眼前看过了无数遍的景色惊呆了：银盆似的大月亮静静地沉落在西山坳里，天上只剩下几颗疏朗的星星，东边的启明星像一滴闪光的冷泪幽幽地挂在墨黑如渊的天幕上。四野无声，只有我自己轻轻的喘息。

8月31日的早晨下了几滴湿地皮的小雨。为了保险起见,早饭之后,闰月子和平安还是开着他们的三轮农用车,带上铁锹,为我们护航送行。一直到翻过豹梁,看见山谷下面河底那边的焦炭厂了,闰月子他们才和我们告别。站在半山坡上,地老天荒之中悦然说,来,再抽最后一支烟。很快,烟抽完了。大家拍拍肩膀,各自上车。闰月子和平安一直站在路旁,等着我们先走。

三天很短,一闪而过。

六年很短,一闪而过。

十五年的时间也很短,也一闪而过。

从我插队第一天来到吕梁山,至今已经三十五年,还是很短,还是一闪而过。年过半百,才懂得人生苦短。在这一闪而过的时间和人生里,吕梁山却成为永世难忘的记忆。先是我的记忆,后来又成为瑞典人马悦然的记忆。

2004年12月11日午夜写,28日晚改定于太原

九月寻踪

　　一块简陋的路牌孤零零地举着胳膊站在岔道口上,一眨眼,就从平坦的柏油路挤上了坑坑洼洼的土路。宽阔辽远的群山之间,这条坑坑洼洼的土路一路向上渐行渐远,细如游丝,终于挣断了线,好像它不是淹没在荒远的山顶上,而是淹没在幽深冷寂的蓝天里。游客如织、寺院林立的台怀镇转眼落在了身后,热闹和喧嚣也像是被突然浇灭的篝火。群山无语,只有漫山遍野的松树,和它们重叠的塔形树冠,静穆地站在透彻的阳光里。我们要去的吉祥寺就在土路的尽头,那个地方叫清凉桥。清凉桥地处五台山偏僻的台中,离台怀镇二十多公里,因为路远,来五台山游访的客人很少有人能去。我们不辞劳顿赶去清凉桥是为了拜访一位僧人,准确地说是要去拜访一位僧人的灵塔,这位僧人的法号叫能海。能海法师是悦然的忘年交。

　　1990年秋天第一次和悦然见面,就听他说起过两个人的名字,一个是高本汉,一个就是能海。高本汉教授是悦然的汉学导师,而放下军刀立地成佛的能海法师是悦然的忘年交。让我没有想到的是,这两个人居然都和山西有着极深的渊源。高本汉教授1910年底来到当时的山西大学堂任西斋语言学教习,直到辛亥革命爆发离开中国,取道西伯利亚大铁路回到瑞典。正是在山西教学期间,高本汉教授骑着毛驴深入实地做艰苦细致的方言调查,随后写出了奠定他学术地位的极负盛名的《中国音韵学研究》。至今,在山西大学文学院主楼的走廊里还悬挂着高本汉教授的大幅照片。写出了《中国音韵学研究》的高本汉是和张籁、郭象如、黄侃、李亮工、常赞春这样一些高山仰止的宿儒一起比肩而立的。2006年暑假期间,悦然为他自己撰写的《我的老师高本汉》中文版翻译工作来到北京,和翻译者李之义教授一起校对译文,到9月工作告一段落,悦然和文芬一起来到太原在我家里小住,休息数日。临来之前,悦然在电话里特别说明他们自己承担这次的费用,并且再三强调一不要见官员尤其是作协的官员,二不要见记者,不要有任何采访,只想安安静静地休息几天。我问悦然,那你们在山西想看看什么呢?悦然说,想看看他的老师高本汉工作过的地方,再有,就是想去五台山,看看能不能找到一些能海法师的踪迹。于是,我们先去山西大学文学院主楼拜谒了高本汉教授的照片;随后又去了蒋韵的母校——太原师范学院侯家巷校区。1902年创办的山西大学堂就在侯家巷。一些残存的中西合璧的砖构建筑历经百年依然如故,楼内的墙壁上还嵌有宣统三年凿刻的"山西大学堂西学专斋教职员题名碑"。可惜,能供勘察的实在有限,只用一个上午就看完了所有的内容。悦然意犹未尽,他还带来一幅当年高本汉教授拍摄的老照片,是一座古建筑的侧影,飞檐翘壁,廊柱依稀。我们查遍资料,到处打听,可还是无法找到它的任何线索。所有曾经巍峨矗立过的真实,最终,都在时间的河水里浸泡成了边际模糊的老照片,变成了无法还原的寻找。

带着这样的遗憾我们来到五台山,希望能和悦然一起寻找到能海法师的踪迹。悦然说他是在上世纪 40 年代认识能海法师的,能海在出家之前是四川军阀部队里的团长,后来以在家居士身份来五台山朝拜文殊菩萨时决意出家,回川后他脱下军装,遣散家人,放弃一切财产、名分,两度进藏求师修行,抗战期间曾在成都近慈寺创建金刚道场,弘法利生,一时轰动西南。到了 1953 年,能海法师又返回五台山,专心选择了偏远荒芜的清凉桥吉祥寺做根本道场,率领众僧翻修屋舍,开荒种地,设坛开讲《四分律根本含》。最终,能海法师是在"文革"劫难中坐化而去远离苦海的。

在此之前悦然已经知道能海法师早已辞世。我岳父有一帧上世纪 60 年代他在五台山广济茅棚和能海法师的珍贵合影,据说这张照片是所能找到的能海法师在世期间最后影像。五台山的僧人为了给能海法师塑像,还曾专门派人来借去照片当作参照的摹本。这次我们为了方便寻访，又拜托我岳父专门从太原崇善寺住持的手上拿到一封介绍信说明原委，希望能得到五台山寺院僧人的帮助。在五台山的寺院里，能海法师的名字如雷贯耳，他被僧人们尊称为老上师。几经交涉，我们被领进能海法师的事迹陈列室。陈列室里除了能海法师的金身塑像之外，只有很少的几张照片，和附在照片下面的简短的说明文字，再无一件实物，再无其他记录。在此岸的苦海里真实地度过传奇一生的能海法师，悦然曾经的忘年之交，也正眼睁睁地在我们的面前变成一种难以还原的寻找。可能是看出了我们难掩的遗憾，讲解的僧人说，老上师的新灵塔建成不久，就设在清凉桥吉祥寺院内，灵塔上还有赵朴初居士题写的铭文。

于是，为了还原一个曾经的真实，为了印证一段刻骨的情谊，我们再次上路，直奔清凉桥吉祥寺。当我们站在能海法师白色的灵塔面前时，碧蓝的天空纤尘不染，九月的斜阳慈祥地铺满了院落，浩荡的山风把塔身上的经幡刮得翻飞不止，寺院外面的山坡上站满了松林，重重叠叠的塔形树冠肃穆地矗立在透彻的阳光里，就像是沉在水底的倒影，亦真亦幻。

忽然，有啄木鸟"嗒嗒"的敲打声从那片深沉的倒影里传出来……

2013 年 5 月 3 日，为悦然九十岁寿辰记于北京

温暖的灯光

我曾有幸两次来到爱荷华大学,参加"国际写作计划(IWP)"的活动。第一次在2002年的秋天,我们三对夫妇六个人因为不同的项目,凑巧一起来到爱荷华,一起参加了爱荷华大学国际写作计划的活动。六个人里我和蒋韵写小说,西川写诗,姜杰做雕塑,廖一梅写剧本,孟京辉是导演,这么多不同行当的人能聚在一起太难得了,难得到简直就是不可能。可十五年前的秋天,就像一个奇迹,我们在万里迢迢的爱荷华,在山林环抱的鹿园,在聂华苓老师爽朗的笑声中相遇了。从此,大家成了最好的朋友。也从此,共同拥有了一个遥远的牵挂。

记得我们和西川、姜杰夫妇是一起先到的,在芝加哥转机,再落地时已经是晚上,来接机的是位中国大陆来的博士研究生,直接把我们送到鹿园和聂老师先见面。因为天黑,什么也看不清,只记得在黑压压的树林里看见一簇温暖的灯光,聂老师满面笑容地从灯光里走下楼梯迎接我们。第二天傍晚，聂老师又来住所看望，让我们跟她下楼搬东西，从汽车后备箱里像变魔术一样端出一大堆炊具：蒸锅、炒锅、铲子、勺子、筷子、盘、碗、水杯，甚至连洗碗布都有。聂老师说，都是旧的，不知多少人用过了，没关系，洗一洗，煮一下还能用，走的时候再还给我，留着，下一次还会有人用。说着自己先就大笑起来，真是不知道给多少人用过了，台湾的，香港的，大陆的……简直可以当文物了！

炊具之外还有吃的，水果、面包、香肠……一样一样拿出来，不容我们连声致谢，聂老师又笑了，没关系，你们刚刚来不熟悉，过几天熟悉了我开车带你们去买，你们累了，先休息吧，倒倒时差，我马上走。说得干脆、肯定，不容迟疑。

放下东西，我们陪她走下楼，刚刚挥手，她已经开着自己的那辆斯巴鲁转眼消失在夜色中。秋天的夜晚已经有了几分寒意，大学城灯光寥落，一片静谧，爱荷华河在身后静静地流过，偶尔可以听见河里传过来隐隐的水声，像是有人在黑黢黢的树影后面深深地叹息。刚到美国，一切都还没转过神来，一切都有点像是梦境，心里的陌生感被树影后面的叹息一次又一次地推到夜色里来。

在此之前，我曾和聂老师有过一面之缘。1989 年 4 月初，在旧金山伯利纳斯镇的一个中国文化研讨会上，第一次见到聂老师和保罗。大概是我的发言引起她的一点兴趣，我看她不停地给保罗翻译，很兴奋，会后又特意把我介绍给保罗，我们还交换了地址

221

和电话。此后中国大变，我们彼此音讯全无。记得也是到了秋天，大概是10月，突然接到聂老师从莫斯科寄来的明信片，转告我的《厚土》获得当年度台湾《中国时报》文学奖，而且我有幸和著名学者、鲁迅先生的好友台静农老先生获得同一奖项。聂老师说，她是评委，忍不住先把好消息告诉我。聂老师的字大气老到，乍看之下竟然觉得不像是出自女士的手笔。可惜，我没能出席那一次的颁奖仪式，还是第二年，由季季女士千里迢迢把奖杯送到山西来。

很快，孟京辉、廖一梅夫妇也来了。孟京辉带来他刚刚拍出的新电影《像鸡毛一样飞》，西川除了参加国际写作计划的活动，还要担任一学期的当代中国文学课程。小小的一座大学招待所里忽然来了六个中国大陆人，很显眼，也很热闹。很快鹿园也成了我们聚集的沙龙，每到周末，聂老师都会做一餐好饭菜，急不可耐地把我们一起召集过去。往往她还要开车过来接。沿河走十分钟，之后向右拐上山道，一条曲折陡峭的山路尽头，在满山密林之中亮起一片温暖的灯光，那就是聂老师的家，就是鹿园。

鹿园真的有鹿，而且是野鹿。每天都会有鹿群不声不响地出现在房子后院的树林前，舔食聂老师专门给它们投放的碎玉米。屋子里的人说话声音大一点，鹿们就会警觉地抬起头来张望。记不清有多少次了，在说笑正酣的时候，忽然扭头看见那一片黑亮无辜的大眼睛，不由得就屏住了声息。

紧挨着看鹿的大落地窗,就是那张著名的长餐桌了。白先勇、林怀民、潘耀明、郑愁予、痖弦、张大春、陈映真、骆以军来过;巴金、艾青、丁玲、汪曾祺、茹志鹃、王安忆、王蒙、张贤亮、苏童、莫言来过;非洲、亚洲、拉美、东欧……全世界不知有多少作家都来过爱荷华,更有许多人是在最困难的条件下,冲破重重阻碍来到爱荷华,他们都曾坐在这张大餐桌前或欢聚畅谈,或争论不休。我们也一样,整晚整晚地欢聚畅谈,争论不休。也常常听聂老师讲她自己的故事,她的家世,她怎么从小就成了国民政府的烈士眷属,怎么在抗日期间在重庆读大学,怎么到了台湾,又怎么因为《自由中国》杂志受到牵连丢了工作,在被特务监视下丧失自由,她怎么为了被捕的同人去找胡适先生求助却空手而归,在近乎绝境中,是台静农先生以台大中文系主任的身份伸出援手,聘请她到台大工作……她和保罗怎么创办国际写作计划,连她和保罗从认识到结婚的过程,她都毫无忌讳地讲,常常还把一本又一本的老照片搬出来:在台湾,到美国,孩子们,原来的家,现在的家,保罗在船上,保罗在演讲……一样一样讲给我们听。有时甚至还把保罗给她买的精美的服饰穿戴出来给我们看。这样做、这样说的时候,她常常就感叹:我将来一定要写一本书,把这些都记下来……而后,又带着几分决绝宣布:最后一本书! 果然,后来就有了她那本图文并茂的《三生三世》。

　　聂老师是个喜欢热闹的人,很快,我们的聚会就从周末一聚变成了每隔一两天就要聚一次。在我们的畅谈和争论中，鹿园由沉沉暮色而漆黑一片，由漆黑一片而星斗满天，由星斗满天而月朗星稀……常常是聊到午夜，我们告辞说，聂老师太晚了，今天就到这儿吧。聂老师断然抬起手来，不行，不行，我还没有累呢，你们年轻人还怕什么？来，再喝一点酒，你们自己挑！于是，夜色就在温暖的灯光下，在晶莹的酒杯里一寸一寸褪去。有一晚，当我们六个人从鹿园沿着河岸公路走回大学城的时候，天边已经蒙蒙泛白。启明星低浅地挂在黎明前的天幕上，微弱的晨光中，深秋的爱荷华河饱满、安静，像个行动迟缓的孕妇，在黎明前的原野上慢慢留下远去的背影，把深沉的叹息声带进依稀的迷蒙当中。小城之外，大河两岸，到处都是无边无际的青纱帐，到处弥漫着大豆和玉米的清香。

三个月的学业好像刚刚开始就结束了。临走前，姜杰为爱荷华大学国际写作计划留下了她精心创作的保罗的雕像。这座铜像至今摆放在 IWP 的大厅里。

2007 年我受邀再次来到爱荷华大学，参加"国际写作计划"创立四十周年的庆祝活动。去之前颇费斟酌：四十周年的庆典带一件什么礼物呢？最后还是蒋韵想出个好主意：写一幅字，装裱好带去。写什么呢？蒋韵说，就写"全世界的爱荷华"。言出心声，名副其实。于是，我们请山西著名的书法家、好朋友沈晓鹰女士写了一件横幅，宽大雪白的宣纸上，用汉代竹简的隶书字体写出这七个墨迹酣畅的大字。两千年前的古风和 21 世纪的当代就这样交汇在一起,世界各地的写作者就这样和爱荷华交汇在同一幅雪白的宣纸上。聂老师看后嘱咐我说,李锐,这次还有从香港、台湾、加拿大来的华文作家参加庆典,这幅字最好是代表所有华文作家的献礼。我说,好!庆典晚会上,当我和西川打开横幅的时候,大厅里响起一片经久不息的掌声。

浑然不觉中,距离第一次去爱荷华已经十五年,距离第二次竟然也已经十年。十五年来和聂老师的电子邮件联系一直没有间断。最近,女儿笛安受邀参加爱荷华大学"国际写作计划",也还是聂老师首先来信通知的。打开信箱的瞬间,不禁感慨:这已经是两代人的友谊了。

时间真长,人生真短。

十五年里,许多人去世了,许多人诞生了,许多人来到爱荷华,许多人离开爱荷华,许多事渐渐褪变成模糊的灰白色,满头黑发也在不知不觉中两鬓苍苍……可心里却一直记着,一直忘不了,在爱荷华河岸边,在山冈上的密林里有一片温暖的灯光。

2017 年 8 月 23 日傍晚于北京,9 月 10 日改定
本文为爱荷华大学"国际写作计划"创办五十周年而作

永失"故居"

——托尔斯泰的另一种启示

曾经因为各种机会拜访过几位作家的故居,有中国的,也有外国的;有名气极大的,也有名气稍小的。我总觉得那些大同小异的陈列显得局促、做作,而又离题甚远。当一条澎湃的大河滚滚而去之后,留下来的那具干涸的河床,不管怎样精心布置都让人觉得了无生气。

1989 年 6 月 8 日,我随中国青年作家赴苏访问团到北京集中,旋即飞往莫斯科,当然又免不了参观故居,托尔斯泰的故居当然又在必看之中。但这一次却是在决然不同的情怀中与托翁悲凉地相遇。

讲解员小姐起劲地解释着,并时不时地提出些俏皮的小问题,让我们猜猜托尔斯泰的孩子们吃谁的奶,又指着一张简陋的硬床问我们这到底是仆人睡的还是托尔斯泰睡的。其实对托尔斯泰稍有了解的人,都用不着回答这类非常旅游化的问题。那个穿了一身农民的粗衣服,一定要步行或骑自行车往返于莫斯科和亚斯纳亚·波利亚纳之间的人,是不会让孩子们喝牛奶,也不会贪图软床的。从那些与托尔斯泰无关的精心和俏皮当中走出来,在房子后面一片幽静的树林里徜徉留步,脑子里却一直纠缠着一幅怎么也摆脱不掉的图景——1910 年 11 月 10 日,已经是八十二岁老人的托尔斯泰,在风雪之中逃离了他眷恋一生,也居住了一生的亚斯纳亚·波利亚纳。他终于逃离了温暖的故居,逃离了安详的土地,在一个寒冷黑暗的冬夜客死于阿斯塔波沃,那是一个用钢铁和蒸汽机车组合起来的喧闹的火车站,那是一个充满了现代性的公共场合。

在亚斯纳亚·波利亚纳的故居,托尔斯泰度过了一生绝大部分时间。他在这儿结婚,在这儿生儿育女。他曾在这儿起草方案解放农奴,却又因为农民的拒不接受而失败。他曾在这儿为农民开办过二十多所学校,希望能够教育农民。他因为厌恶农奴制,而厌恶自己的贵族阶层,厌恶自己原有的生活习惯和感情。于是,身体力行地决心把自己变成一个像样的农民。他持斋吃素,草履布衣,做农活儿,缝靴子。他甚至抨击自己的《战争与和平》是"老爷式的游戏"。为此,他宣布放弃自己的版权。他进而放下文学的笔,直接拿起论战的笔,抨击沙皇和社会的不公。和我们这些当年到广阔天地去"磨一手老茧,炼一颗红心",走向社会、批判一切的知识青年决然不同的是,托尔斯泰没有什么伟大领袖的号召可以响应，托尔斯泰毅然决然去做这一切的时候，心里充满了赎罪的悲悯，充满了晚霞当空般的明澈和宁静；托尔斯泰去做这一切的时候，是因为他情不自禁地沉浸在内心的渴望之中。当然，最重要的是他在这个故居里创作了饮誉世界的《战争与和平》《安娜·卡列尼娜》《复活》这三部皇皇巨著。但是，有了这一切，做了这一切，实现了这一切的托尔斯泰，还是从他魂牵梦绕的故居出走了。仅仅用夫妻间的龃龉，是解释不了这个出走的。

那个八十二岁老人的出走，是一个象征，一个人类的象征。从托尔斯泰跨出亚斯纳亚·波利亚纳的第一步起，人类将永远告别古典和史诗。从托尔斯泰跨出亚斯纳亚·波利亚纳的第一步起，人类的精神和灵魂就被从古典的"故居"中永远地放逐了。古典和史诗在1910年11月10日与那个八十二岁的老人一起从故居出走，并最终感染肺炎，于1910年11月20日在阿斯塔波沃火车站同时病逝了。遵照托尔斯泰的遗嘱，他们共同的坟墓上没有墓碑，也没有十字架，只有亚斯纳亚·波利亚纳的森林与他们在晨风暮雨中朝夕相伴。20世纪的现代科技和革命的血雨腥风，终于剥夺了人类最后一个故居。在经历了阿斯塔波沃火车站那个寒冷的冬夜之后，人类再也没有"万物之灵"的自大可以依凭，再也没有崇高的台座可以站上去永恒，人类只能从那个喧嚣的火车站开始自己尴尬、孤独的现代旅途。在那之后，人们还要经历两次世界大战，才终于猛醒到眼前的这一片废墟，曾经是自己那个古老温暖的故居;才终于猛醒到那古老和温暖竟是一场梦幻,竟是如此不堪于历史的风风雨雨。在经历了阿斯塔波沃火车站那个寒冷的冬夜之后,一切板着面孔再来"史诗"、再来"崇高"的人,只能让人想到令人难堪的精神撒娇,只能令人发笑——是苦笑。

作为一座雄伟的高山,那个悲悯满怀的八十二岁的老人,给我们留下了最后的古典和最后的史诗;也更给我们留下了从古典和史诗之中无奈而又凄凉的出走。

呜呼,历史不再!

哀哉,故居永失!

不管你愿意还是不愿意,不管你有勇气还是没有勇气,你都必须接受,只好接受,也只能接受这个唯一的处境。

无论西方人,还是东方人,都应该记住那个日子,记住那个寒冷的冬夜,记住那个地点——1910 年 11 月 10 日,阿斯塔波沃火车站,那是我们这个星球上现代人的出生日和出生地。

1994 年 6 月 19 日于太原新居

嵯峨……嵯峨……
——日本印象之一

　　11月3日晚上到京都，5日下午离开。在京都只有不到两天的时间。其中4日的下午和晚上，吉田富夫教授盛意安排了佛教大学的公开演讲和晚宴。留给我看京都的时间只有演讲前的那个上午，和晚宴后的第二天上午，5日下午三点半就坐新干线去东京，车票就在我的书包里。东京之后是仙台，仙台之后是函馆，日程都是事先安排好的，一切都不可更改——这是一个现代旅行者必须遵守的规矩。

　　京都是千年古都，是日本文化的发祥地，当初是仿照唐朝都城长安建设的，至今可以在京都的街牌上看到从"二条"一直到"十条"的街名。凑巧的是我就在山西太原一个叫作"南华门东四条"的胡同里住了三十年，所以，走在京都街头，似曾相识的感觉扑面而来。据我所知，在京都，国家指定的重点文化遗产建筑一百八十九处，国宝级的建筑三十八处。可留给我的时间只有两个上午，如此紧迫的时间去看什么好呢？想来想去，既然注定了只能走马观花，索性放弃了选择。我对吉田教授说，要去看什么地方，参观什么建筑，一切都听你的，一切都由你决定，你说去哪儿就去哪儿。

看到客人放弃了选择，反倒叫东道主颇费思量。

吉田教授从上大学开始就一直住在京都，已经住了五十多年，对京都的一切了如指掌。和吉田教授虽是初次见面，但是为了翻译作品的事情多次书信往返，神交已久，一见如故，本也就用不着客套，事情就这样定下来。

于是，第一个上午吉田教授领路，带着我和日比谷小姐先上山去参拜佛教大学的本山寺庙知恩院。吉田教授告诉我们，知恩院属净土宗，当年就是知恩院的住持倡议、筹资建立了佛教大学。明治维新以后，曾经有一段时间在全日本确立神道教为国教，排斥、压制其他宗教。知恩院由于有大学为支撑，躲开了一次劫难。从知恩院出来顺路游览了冈山公园，稍作小憩。再去清水寺，下山时闲散地走过三念坂的小巷。说闲散，其实也不是真的闲散。这天是周日，山上山下人潮如涌。其中不少是成群结队的中学生。原来在日本，中学生升入高三第一个学期，要由家长出钱，学校组织同学外出游览一次，意思是学生们马上就要成年了，应该去看看外边的世界。京都自然就常常是首选。

第二个上午日比谷小姐已经回东京，吉田教授有课，换了垣谷好子小姐做导游。吉田教授嘱咐说,金阁寺一定要去看看,离佛教大学很近,还可以一起吃一次午饭,然后如果有时间最好还是要去看看岚山。在中国有两个日本的地方很出名,一个是鲁迅先生留学的仙台,一个是周总理写过诗的岚山。已经近在咫尺,当然要去看看,时间紧也要去,何况吉田教授已经说了"最好还是要去看看"。

现在回想起来,幸好听了吉田教授的话了岚山,否则就会和那两个字失之交臂。

坐计程车直奔岚山。走下汽车,迎面看见两脉青山夹着一湾碧水,几只白鹭掠过水面在幽谷中翩翩而去,纤细的翅膀在苍翠之间划出一线浅浅的悠长。沿着翠流旁的台阶拾级而上,没入山林,先去看过周总理的诗碑。剩下的时间真的只能走马观花了,就只好坐在车里慢慢走。好在开车的司机先生对岚山极为熟悉,也极为喜爱自己的家乡,一路开开停停,轻声地为我们指点一两句,脸上一直都是由衷的微笑。

经过竹林小道,经过神社,经过长满青苔的草屋酒家,经过柴门轻掩的私人庭院,渐渐地,我越来越多地看见那两个字——"嵯峨"。街角上,石路旁,常常可以看到"嵯峨酒家""嵯峨旅店""嵯峨旅游纪念品"……甚至还看见一块"嵯峨村管理委员会"的大牌子。我终于知道这岚山脚下的村庄名叫"嵯峨村"。一时间,他乡遇故知的兴奋让我忘了眼前美景,深深地沉浸在对这两个字的奇遇之中。又是一次似曾相识。又是一次对似曾相识的深深感慨。记忆中,嵯峨这两个字,在现代汉语里已经很少看见了,尤其是在中国当代人的白话文中基本绝迹。可是谁都知道,这两个字曾经在中国古代典籍里,在中国古典诗人的笔下反复出现,反复吟诵。

在《楚辞·招隐士》里有:"山气龙嵸兮石嵯峨,溪谷崭岩兮水曾波。"

在司马迁《史记·司马相如列传》里也有:"于是乎崇山矗矗,龙嵸崔巍,深林巨木,崭岩参嵯……"

杜甫的五言律诗《江梅》的尾联是:"故园不可见,巫岫郁嵯峨。"

一直到了晚清,在诗人黄遵宪的笔下也还有"战台祠庙巍然存,双阙嵯峨耸虎门"的诗句。

可是自从白话文以来,又自从简化字以来,和许许多多的方块字暌违久矣!岂止是暌违,早已经陌生到形同路人,所谓"儿童相见不相识,笑问客从何处来"。

没有想到跨海而来,在岚山脚下,在这座优美如画的小山村里,我这个大半生操笔墨生涯,大半生写简体字的人,却和古老的"嵯峨"遽然相遇。

这遽然的相遇,让我忽然看清楚了自己和古典相隔了有多么遥远,岁月千年,海天相隔,一时间五味杂陈,感慨万千。我告诫自己,这嵯峨不是那嵯峨,你不要一厢情愿,不要把别人的房舍当成自家庭院。可是,嵯峨这两个字不断从街头巷尾闪现出来,和我擦肩而过,四目相对,欲言又止,视线一次又一次被扯断,扯出许多莫名的惆怅来。于是,只好自己安慰自己:让"嵯峨"和这样一座如诗如画的小山村相依相伴不也是一种美好的归宿吗?可这安慰还是让人平静不下来,心里还是不由自主地牵肠挂肚:

当初,他们两个形影依依,远离故乡,跨洋越海来到这里,到底经历了多少坎坷和蹉跎呢?到底有过多少不为人知的艰辛和冷暖呢?到底有过多少柳暗花明的峰回路转呢?

这样问过了,想过了,还是不行,和他们擦肩而过的时候,心里还是翻来覆去地默念不已:

嵯峨……嵯峨……嵯峨……

2007 年 12 月 20 日写,25 日改定于草莽屋

烧梦

——日本印象之二

　　因为是坐在下层，车窗太低，视线常常是贴着站台的地皮，觉得火车开得尤其的快，从东京到仙台只用两个多小时，时速两百多公里的新干线子弹头列车，带着我们一头扎进沉沉的夜幕。

　　现在回想起来，在黑夜进入仙台是最恰当的。当历史在岁月的磨蚀下面目全非的时候，只有黑夜是不会褪色的，只有黑夜最符合当时的历史底色，最符合鲁迅先生的心境。离开仙台二十年后，鲁迅在《藤野先生》里回首往事说："从东京出发，不久便到一处驿站，写道：日暮里。不知怎的，我到现在还记得这名目。"——"日暮里"，一个和黑夜衔接的地名，顽固地留在他的记忆深处。

　　一百零三年前的 1904 年，二十三岁的鲁迅只身远离东京，远离身边的中国同胞们，到仙台医学专门学校求学。那时候，"仙台是一个市镇，并不大；冬天冷得厉害；还没有中国的学生"，也就是说，那是一次真正的天涯孤旅。而这样的天涯孤旅就是他的目的,是他的有意为之。或者说,那根本就是一次心定如铁的自我放逐。

奥羽山脉纵贯日本本州岛的北部,仙台在奥羽山脉南部的东麓,紧邻太平洋。夹在牡鹿半岛和阿武隈高地之间的海湾就叫仙台湾。旧时的日本曾在福岛南边的白河设立关卡分割南北。南边是文明开化的好地方,北边的东北地区叫作"陆奥",又称"奥州",属于偏僻封闭的穷乡僻壤。明治维新以后日本快速脱亚入欧,举国西化,追求富强,可在很长时间里东北地区还是被看作穷困落后的地方。仙台离东京四百多公里。一百多年前的小火车平均时速四十公里上下。如果把沿途停站的时间包括在内,从东京到仙台至少也要十几个小时。鲁迅先生当年远离家乡漂洋过海,来到日本留学已经是天涯孤旅,可已经天涯孤旅的他还嫌不够,还要再次远行,非要走向偏僻的东北,走进一个"冬天冷得厉害"的小市镇,走到一个没有中国人的地方。

一百多年前的大清国不断地失败,被英国打败,被英法联军打败,被日本打败,被八国联军打败,然后,就是不断地割地赔款,不断地签订辱国条约,一百多年前的大清国在世界面前,纯粹就是一个耻辱和失败的代名词。说来讽刺,中国的认真学习日本,是因为甲午战争的失败。北洋水师的全军覆没,让中国人看到了"蕞尔小国"的厉害,也看清楚了自己的末路。随之而来的赴日留学潮是空前的。这中间除了邻近的地理方便之外,更深的原因在于"同文同种"的心理认同。但是,"同文同种"并不能掩盖自身的耻辱,更何况,那时的日本早已经拒绝和邻居的认同,中国早已经成为一个被批评、被拒绝的国家。当一个国家、一个民族被所有的发达国家打败,被所有的发达国家看不起的时候,一定会有什么说法、有什么关于身体的符号被人挑选出来到处流传。比如肤色,比如身高,比如口音,都是现成的佐料。这就好比是给人起绰号,一下子就能记住。"支那人"丑陋的特点太鲜明:女人腿下的小脚,男人脑后的辫子,举国皆同。鲁迅先生当年跨洋越海、天涯孤旅也还是逃脱不掉这两样东西。在东京,"成群结队的'清国留学生'的速成班,头上盘着大辫子,顶得学生制帽的顶上高高耸起,形成一座富士山",就是这群来留洋的男人还有人随身带了三寸金莲的绣花鞋,被海关人员翻拣出来引为奇观。难怪鲁迅先生回忆往事,劈头第一句话就是"东京也无非是这样",所以,他才要"到别的地方去看看,如何呢?"

这一去,就到了四百公里外的"东北",就到了没有一个中国人的仙台医学专门学校。其实,鲁迅自己当年也是拖着一条辫子来到日本的。他1902年4月到日本,1903年3月剪去发辫后特地照了一张"断发照",《鲁迅全集》第一卷的第二张照片就是剪了辫子以后的"断发照"。一个"断"字流露出强烈的心理动作,所谓一刀两断,所谓洗心革面。用鲁迅先生自己的话说:"从别国里窃得火来,本意却在煮自己的肉。"他明白,自己就是耻辱的一部分,自己就是黑夜。

沉沉的夜幕是鲁迅记忆的底色,所以他在来仙台的路上牢牢记住了"日暮里"。

或许也是因为夜幕的关系吧,从车站里出来走进黑夜的时候,对留在身后那四百多公里的距离和空间,分明感到一种沉甸甸的真实的压力。放下行李,我和毛丹青找了一家叫"伊达路"的小饭店,吃了仙台最有名的牛舌头,吃了秋刀鱼,喝了啤酒。回到旅店,我们两人开始了计划中的第一次对谈,话题自然还是离不开鲁迅,自然还是从这沉甸甸的四百公里的距离和空间谈起。在我的理解中,远离人群的鲁迅,就是从"日暮里"开始独自一人走进了自己精神的黑夜,同时也走进了对这黑夜的反抗和挣扎。

离开东京、离开同胞的鲁迅,到底还是躲不开历史的阴影。在仙台的学校里发生的两件事情让他最终决定辍学离开仙台。先是所谓"泄题"作弊,学生会的干事无中生有地认定鲁迅的考试及格是靠了藤野先生的泄漏考题。接着,就是那个著名的幻灯片事件。鲁迅在日本同学的欢呼声中,看见自己的同胞被当作俄国间谍砍头,而身旁却站满了麻木的中国围观者。于是,被人鄙视,而又看清楚了被鄙视者的麻木和无可救药,这两件事情同时发生在一个人身上。这是一种熬人的双重的鄙视,这是一种黑暗无边的精神笼罩。最为难言的是,在这鄙视中有自己对自己难以宽宥的鄙视。

毕竟，那时的鲁迅是个二十多岁的年轻人。年轻是要靠梦想来滋养的。遭遇了这样的鄙视之后，青春的梦想非但没有折断，反而把小梦换成了大梦，"从那一回以后，我便觉得医学并非一件紧要事，凡是愚弱的国民，即使体格如何健全，如何茁壮，也只能做毫无意义的示众的材料和看客，病死多少是不必以为不幸的。所以我们的第一要著，是在改变他们的精神，而善于改变精神的是，我那时以为当然要推文艺，于是想提倡文艺运动了"（《呐喊》自序）。

换梦的结果是鲁迅毅然辍学，弃医从文，离开仙台回到东京，开始了自己的写作生涯。很快，他就尝到了失败的滋味。不只是失败，还有比失败更让人难熬的寂寞，"独有叫喊于生人中，而生人并无反应，既非赞同，也无反对，如置身毫无边际的荒原，无可措手的了，这是怎样的悲哀呵，我于是以我所感到者为寂寞。……这寂寞又一天一天地长大起来，如大毒蛇，缠住了我的灵魂了"。

独自一人走进黑夜，原本以为可以用梦想来引路。可梦想幻灭后黑暗之中又加上了寂寞和无望。他曾经在《野草》里描述自己，"我将向黑暗里彷徨于无地"，"我独自远行，不但没有你，并且再没有别的影在黑暗里。只有我被黑暗沉没，那世界全属于我自己"。

就此，我们可以循着那个双重的鄙视和反省的轨迹，看到鲁迅此后一生的反抗和挣扎——点燃绝望为自己照明。在东京的失败之后，鲁迅又经历了辛亥革命的夭折，军阀们的血腥屠杀，文人的投降，和来自左、右两个阵营的攻讦。所谓用小说改造"国民性"的宏图大志，就如同把沙子撒进黑夜。青春不再，梦想幻灭，淹没在无边的历史黑暗中，一个既不相信光明也不相信黑暗，甚至连"将来的黄金世界"也不要相信的人怎么活下去呢？他只有点燃绝望为自己照明。这让我想起龚自珍的诗句："今年烧梦先烧笔，检点青天白日诗。"

不由得反复思量：鲁迅在日本完成了自己精神上的一刀两断和洗心革面。当中国的历史现实一片无边黑暗的时候，是什么给了他走进黑夜的勇气，又是什么支持了鲁迅终其一生独自对抗比历史还要黑暗的绝望？这深不可测的黑暗里，有多少是日本给他的鄙视，又有多少是日本给他的滋养？鲁迅是不避讳死的，非但不避讳，甚至是渴望："我希望这野草的死亡与朽腐，火速到来。要不然，我先就未曾生存，这实在是比死亡更其不幸。"在这里死亡已经不是绝望，死亡终于成为超越的台阶。我猜不透，鲁迅先生的早逝，是一种解脱，还是一种渴望？

我来仙台当然是为了鲁迅。可我也知道当年在仙台的鲁迅还是一个满怀梦想的青年。何况我一直不大喜欢所谓的作家故居。我曾经去过茅盾、沈从文、福克纳、托尔斯泰、陀思妥耶夫斯基和雨果的故居，所见到的无非就是一些空洞无人的房子，和一些呆板无神的家具、文具,满眼都是人去楼空的寂寥和荒芜。作家之所以永远活着,是因为他们留下了可以被人反复阅读的文字,而不是留下了空无一人的故居。

在参观了东北大学百年校史的展览之后,毛丹青终于和学校联系好,他们会派人来领我们去那间著名的阶梯教室。鲁迅当年就是在那间教室里听藤野先生的生理解剖课。一切都像预想的那样,空荡荡的阶梯教室里只有我们三个人,黑板的一侧挂着藤野先生和鲁迅先生的大幅照片。其中的一个课桌上摆了一块说明牌,告诉人们这就是鲁迅当年的座位。四壁萧然,偶尔有一两处渗漏留下的水渍。秋天的阳光从窗户里斜射进来,把时间定格在此时此刻。教室里弥漫着木头发出的微微的潮湿气味,陈旧的木地板在脚底下咯吱咯吱地叹息着。不错,一切都像预想的那样,很难再多得到些什么。让我心存感激的是,仙台人这么念旧,他们把鲁迅当作自己的光荣。

本来是红叶的季节,可这次在日本一路上都没有见到过像样的红叶。大阪没有,京都没有,东京没有,仙台似乎也没有。大家都说,你赶得不巧,今年夏天太热了,热的时间太长了,树叶们都被提前烤干了,都是地球变暖给害的。

就在我已经不抱任何希望的时候,却突然意外地在鲁迅先生的教室外边看见了一片气势恢宏的红叶。就在阶梯教室的旁边,有一座已经废弃的三层旧楼房。学校的小伙子告诉我们,那是老早以前的物理化学教学楼。意想不到的是,整整一面旧楼的墙壁都被茂盛的枝藤紧紧地包裹起来,红叶像瀑布一样从楼顶倾泻而下。如水的秋阳,透彻,清亮,洒落在红叶上,瀑布就变成了火焰的峭壁,一场冲天大火在眼前翻卷,升腾,盘绕,幻化,闪耀……整座楼都在灿烂的火焰里燃烧,欢呼,仿佛能听见从火焰里传出的狂歌和浩叹:

……于浩歌狂热之际中寒;于天上看见深渊。于一切眼中看见无所有;于无所希望中得救。

……绝望之为虚妄,正与希望相同。

2007 年 12 月 30 日写

2008 年 2 月 28 日改定于草莽屋

忽然想起白发阿娥

从吴多泰国际中心的窗户望出去,满眼所见都是壁立千尺拔地冲天的楼群,拥挤的楼群像起伏的群山一样,在眼前绵延不绝,楼群的缝隙间露出些山的影子,那些山常常被云雾遮挡,远远的,迷迷蒙蒙的,倒好像是楼群和纵横交叉的街道的围墙。到了晚上,壁立千尺的楼群灯火辉煌,在夜色映衬之下一派炫目的璀璨亮丽,会让你想起"神话"或是"奇迹"这样的字眼。

从太原到香港转眼就是一个月。以前是从电影电视里看香港,现在是从宾馆的窗户里看香港。一个月的时间,天天面对这窗外的"奇迹"。可我知道,每到白天,从"奇迹"里如潮水一般涌到大街上来的人们,被朝九晚五的锁链束缚着,催赶着,步履匆匆,日复一日地讨生活,他们是顾不上神话,也顾不上奇迹的。神话和奇迹不解饥渴,草根细民不能靠窗外的风景过日子。

我总想走到神话和奇迹的背后,去看看香港普通人真正的生活。

　　一个月里,除了在浸会大学国际作家工作坊的课堂上,和小说创作班的同学们见面之外,也有过几次出游的机会。去了湾仔的香港演艺学院歌剧院,看了香港话剧团毛俊辉先生导演的《新倾城之恋》,亲眼看到了在媒体上被人到处传说的梁家辉和苏玉华。去了太平山,在登顶的缆车上看到了在电视里看了无数次的维多利亚海湾。去了香港科技大学,看到了和明信片上一模一样的海边上那一片崭新美丽的校园。总之,都还没有超出一个旅游者大致的视线。倒是在这几次出游中留下一个很强烈的印象——香港的宗教场所真是密集而又繁多。天主堂,基督堂,佛寺,道观,天后妈祖庙,黄大仙庙,比比皆是。在铺天盖地的楼房和街道的拥挤下,这些教堂、寺庙就好像从海面上升起来的岛礁,顽强地向世人昭示着各自的寄托和信仰。让我有几分惊讶的是,在经历了一个多世纪的英国殖民统治的同化之后,居然还是留下了这么多的本土寺庙,留下了这么顽强坚韧的本土信仰。不由得就想:这些寺庙的香火旺吗? 赶来祭拜如仪的都是些怎样的男女?

　　机会终于来了。

　　为我们领路的秀珍姑娘指着地铁车厢上面的动态路线图说,就是那里,我们要去的最后一站就是青衣。

　　在九龙塘、太子、油麻地、荔枝角、荔景……这些充满烟火气的地名中,"青衣"就好像是从燥热的田野里冒出来的一股清泉,而且巧合得就像是有意的安排,想看看香港的地方戏,就来到了这个戏剧味十足的地方。秀珍的手上拿着一张彩印广告,上面印着通栏标题:青衣街坊联合水陆各界演戏,恭贺真君大帝宝诞。标题下面,两位盛装打扮的鸣芝声剧团的演员华丽妩媚至极。在演员名单的下面,是从农历三月十二日至十六日,连续五天的日夜连场戏单。农历三月十五日真君大帝正诞日上演的三出戏是《贺寿仙姬大送子》《三笑姻缘》《西楼错梦》,担任主演的是剧团台柱、著名演员盖鸣晖和吴美英。单单从这张广告,就已经看见了满眼的庄重和热闹。

　　果然,还没有走到地方,就听见鼓乐丝竹和着婉转的唱腔远远传过来,很快从灯火通明处又传过来香火烧出的阵阵烟香。偌大的一个剧场,总有上千个座位,早已经挤满了人,连座位后面的走廊里也站满了观众。戏台上那个有情人终成眷属的老故事,不知被演了几十、几百年,可观众们还是兴味盎然地盯紧了舞台上的一招一式,用那些浓妆重彩的一颦一笑,印证着自己在凡俗的生活当中轻易不肯拿出来示人的浪漫和幻想。戏台正对着真君大帝的神像,前来上香跪拜的人络绎不绝,整个场地的四周围满了用最廉价的化纤织物搭起来的货棚,货棚下挤满了买卖香火和小吃的摊位。人来人往,摩肩接踵,香火的青烟和油炸食物的香味在人群头顶升腾翻卷。

这个地道至极的乡土生活的场景,让我一下子从香港回到内地,仿佛突然置身在山西某个县城或是某个乡镇的庙会上。一模一样的场景,一模一样拥挤的香火和食物,一模一样的跪拜,一模一样升腾不已、兴旺无比的人气。

　　不知为什么,那一刻忽然想起了"白发阿娥"。这个白发阿娥是我的好朋友、香港作家西西女士笔下的小说人物。十八年前,为了我的小说集《厚土》在台湾的出版,西西和几位朋友忙前忙后。当时,为了书的事情我们曾经相约在广州见过一面。十八年后再次见面,西西已经只能用左手写作。只能用左手写字的西西,送给我新书《白发阿娥及其他》。书中的那位白发阿娥,几十年前为了避难全家来到香港,在这个人来人去的码头上,含辛茹苦生儿育女,在街头小店和小摊小贩拥挤的摊位上反复计算着一家人的开销。不意间,死了夫君,长了皱纹,身边的孩子们一个个长大成人,离开原来的家,建立自己的家,系上了朝九晚五的锁链,在繁闹的城市中脚步匆匆。白发阿娥在恍惚中受了洗礼,在恍惚中进了医院,一次,又在恍惚中打开储钱罐,在亮光闪闪的硬币上看见男皇帝、女皇帝,一个一个在冰冷的金属光泽中你来我往……恍惚中满头的青丝终于变成满头的白发,恍惚中看着自己越来越难以理解的城市和生活,白发阿娥越来越像一个无助的孩子。

　　灯光下面,挤满了观众的座位上人头攒动,时不时地会有一颗白发苍苍的头从拥挤之中显眼地跳出来。我忽然很坚定地相信，其中一定会有西西笔下的那位白发阿娥正襟危坐，伴着起伏的丝竹，有板有眼地在对照舞台上的《西楼错梦》。

2006 年 4 月 15 日傍晚
写于香港浸会大学国际作家工作坊

《出入山河》　　　　　李　锐　著

《青梅》　　　　　　　蒋　韵　著

（以出版先后排序）

图书在版编目（CIP）数据

出入山河／李锐著. —郑州：河南文艺出版社，2019.10
（小说家的散文）
ISBN 978-7-5559-0791-6

Ⅰ.①出…　Ⅱ.①李…　Ⅲ.①散文集-中国-当代　Ⅳ.①
I267

中国版本图书馆 CIP 数据核字（2019）第 068419 号

选题策划	陈　静
责任编辑	陈　静
书籍设计	刘婉君
责任校对	陈　炜
责任印制	陈少强

出版发行	河南文艺出版社
本社地址	郑州市郑东新区祥盛街 27 号 C 座 5 楼
邮政编码	450018
承印单位	河南瑞之光印刷股份有限公司
经销单位	新华书店
开　　本	787 毫米×1092 毫米　1/32
印　　张	8.125
字　　数	151 000
版　　次	2019 年 10 月第 1 版
印　　次	2019 年 10 月第 1 次印刷
定　　价	38.00 元

印厂地址　河南省武陟县产业集聚区东区（詹店镇）泰安路
邮政编码　454950　　电话　0391-2527860